A Conspiração Da Vinci

MARC SINCLAIR

A Conspiração Da Vinci

Tradução
Luiz Guerra

BestSeller

CIP-BRASIL. CATALOGAÇÃO-NA-FONTE
SINDICATO NACIONAL DOS EDITORES DE LIVROS, RJ.

S623c Sinclair, Marc
A conspiração Da Vinci: romance / Marc Sinclair; tradução Luiz Guerra. – Rio de Janeiro: Best*Seller*, 2006.

Tradução de: La conspiration Da Vinci
ISBN 85-7684-123-1

1. Leonardo, Da Vinci, 1452-1519 - Ficção. 2. Romance francês. I. Guerra, Luiz. II. Título.

06-1759. CDD 843
CDU 821.133.1-3

Título original francês
LA CONSPIRATION DA VINCI

Capa: Sérgio Campante
Editoração eletrônica: Abreu's System

Impresso no Brasil

ISBN 85-7684-123-1

Impresso no Brasil pelo
Sistema Cameron da Divisão Gráfica da
DISTRIBUIDORA RECORD DE SERVIÇOS DE IMPRENSA S.A.

Sumário

Advertência

Neste romance, as descrições de obras de arte, de monumentos, de obras impressas e de correntes filosóficas, ocultas ou espirituais, são "verificadas".

Prólogo

Até onde podia recordar-se, Georges Mureau nunca deixara de amar o seu ofício de editor. Este consistia, segundo a expressão que ele empregava por ocasião dos jantares a que era regularmente convidado, em descobrir palhetas de ouro no leito de um rio de verão. Ao contrário de muitos colegas e concorrentes, Georges não desprezava o lodo negro e úmido que constituía o seu cotidiano — a massa escura, que não parava de crescer, dos manuscritos produzidos a cada ano por novos autores. Sempre que conseguia extrair uma pepita, não tinha dúvida de que era resultado do lodo constantemente revolvido pela corrente da vida.

Em muitos casos, ele acreditara em jovens autores que logo tomaram rumo próprio, seduzindo tanto a crítica quanto o público. Suas homéricas explosões de raiva durante uma reunião editorial para defender um manuscrito eram uma tradição aceita por todos, inclusive por Henri Ducange, o atento proprietário da editora.

A verdade era que Georges tirava uma energia renovada da luta pelas causas perdidas, fossem estas políticas ou literárias. "As pessoas precisam de uma certa dose de ideal para continuar a viver", pensava ele às vezes. E, sem batalhas pela frente, sua porção teria sido singularmente reduzida.

Ele proibira, em reuniões do editorial, pesquisas que levassem em conta interesses privados, instituições ou figuras políticas. Por toda sua longa carreira, Georges havia feito e ganho uma sucessão de apostas graças a uma mistura de perseverança, talento e sorte. Hoje, beirando os 50, atarracado e musculoso, como uma força prestes a distender-se a cada instante, Georges Mureau sentia-se inteiramente confiante.

Sua sala de trabalho, com o chão invariavelmente recoberto de pilhas de páginas impressas, ficava no 35º andar da Torre Montparnasse. Das grandes janelas perpetuamente fechadas, percebia-se ao longe a floresta de arranha-céus do bairro de La Défense, os quais, como modernas babéis, afrontavam dispersamente o firmamento. Do outro lado, distinguia-se a Basílica do Sacré-Coeur, isolada no topo de sua colina como uma sentinela solitária.

Era o começo do outono, mas, a julgar pela luminosidade do dia sem nuvens, parecia julho. Só as árvores, manchadas aqui e ali de amarelo e laranja, e a brisa amena indicavam o fim do verão. O dia estava maravilhoso e carregado de promessas indecisas.

Sentado atrás de sua mesa de nogueira escura, Georges Mureau examinava um manuscrito que lhe fora entregue ainda de manhã. Tinha chegado na véspera pelo correio e havia suscitado interesse bastante para que estivesse em sua mesa com um lembrete especial de sua assistente: "Para ler com urgência."

"Cada manuscrito tem lá o seu mistério", costumava pensar. O que descobriria naquele? Que vida, que acontecimentos tinham inspirado aquelas linhas?

Ele acendeu um cigarro, abriu o volume na primeira página e começou a ler.

Relato de Seth Thévenot

Eis o relato das estranhas aventuras que vivi ao longo dos últimos quatro meses. Muitas vezes, em momentos de dúvida, imagino até que ponto toda esta história pode parecer verdadeira, se não inteiramente fantástica ou absurda. E no entanto, logo em seguida, uma palavra ou frase dos Passadores volta a meu espírito com a força e a evidência que às vezes acompanham a verdade, lembrando-me então de sua missão e seu segredo. É por isso que, apesar de meu receio inicial, faço chegar às suas mãos o relato dos acontecimentos que acompanharam minha leitura de *O código Da Vinci*.

Por cuidado de clareza e precisão, redigi minha história segundo a ordem cronológica, a partir de anotações feitas ao longo das peripécias. Não raro as datas correspondem aos dias em que redigi observações em uma volumosa agenda que me serve de diário.

No começo eu queria registrar estes fatos para mim mesmo, como uma espécie de lembrete. Mas, à medida que mergulhava nesta aventura, senti a necessidade de tornar o escrito mais concreto para dar fundamento à minha razão.

A menos que tenha feito isso para convencer-me de que toda esta história não era um simples sonho.

O primeiro registro foi feito em Florença, em 20 de maio.

I

Florença

Florença, 20 de maio

Tudo começou no início deste mês — no dia 9, para ser exato — no aeroporto Charles de Gaulle, em Paris. Era um domingo melancólico e nublado que espalhava um tédio mortal. Tinha vindo a Paris passar o fim de semana com minha mãe e meu irmão caçula, Hugo. O avião para Pisa estava uma hora atrasado e eu me esquecera completamente de trazer um livro para enfrentar essa espera. Em desespero, fui até a vitrine de uma loja do aeroporto que exibia vários romances em inglês. Depois de alguns minutos de hesitação, comprei *O código Da Vinci*, de Dan Brown. Como estudante de arte da Universidade de Harvard, especializado no Renascimento, sabia que estava correndo o sério risco de ficar decepcionado. As críticas sobre o livro — que em poucas semanas alcançara misteriosamente o primeiro lugar na lista dos mais vendidos nos Estados Unidos e depois na Europa —, pelo menos nos meios universitários, não eram elogiosas. Mas eu dispunha de várias horas antes de tomar o avião e chegar ao meu destino. Além disso, alimentava secretamente o desejo de formar minha própria opinião sobre a obra.

De fato, o trabalho de Dan Brown revelou-se fiel a sua reputação de *page-turner*. Em duas horas eu tinha lido avidamente uma centena de páginas, curioso por conhecer mais sobre a intriga e o famoso mistério que constituíam o cenário de toda a história.

Desembarcando no aeroporto de Pisa, por volta de duas da tarde, abandonei a leitura do romance de Dan Brown e peguei meu carro, guardado havia três dias em um estacionamento. Depois de hora e meia de estrada sem novidades ao longo das aveludadas paisagens da Toscana, encontrei Florença mergulhada numa luz dourada de fim de tarde e logo ganhei o sopé da colina de Fiesole. Lá ficava a Villa I Tatti, sede florentina da Universidade de Harvard, onde eu morava como estudante desde setembro.

Era uma magnífica vila renascentista no meio de uma vegetação de ciprestes e azinheiras. Uma atmosfera de paz e de doçura envolvia o lugar como um encantamento. Na minha curta existência — apenas 25 anos — nunca vi um lugar tão especial. Embora não seja uma pessoa verdadeiramente atraída pela religião, sempre que voltava a I Tatti tinha a impressão de reencontrar com felicidade um lugar de recolhimento e de oração. Tantas tardes passadas naquele jardim contemplando os canteiros de buxos ou as estátuas desnudas...

Por seu relativo anonimato, a vila era naturalmente protegida contra os esquadrões de turistas que invadiam a Toscana o ano inteiro. Além disso, os altos muros que a cercavam eram cheios de câmeras de vigilância e outros sistemas de segurança. Não era possível entrar ali senão devidamente autorizado e com um crachá.

Atrás da vila, um anexo moderno abrigava a fabulosa biblioteca de Bernard Berenson, grande historiador de arte americano. Havia ali dezenas de milhares de volumes inteiramente consagrados à arte italiana. No térreo, abrindo diretamente para um jardim, havia uma grande sala onde os estudantes e os professores se reuniam para jantar ou tomar chá. Embora todos os cômodos fossem decorados com obras dignas dos maiores museus do planeta, muito poucas pessoas tinham de fato a oportunidade de contemplá-las.

No dia seguinte ao de minha chegada voltei a trabalhar em minha tese — "Leonardo da Vinci: os anos florentinos". A personalidade desse tremendo artista do Renascimento italiano sempre me fascinara. Seu gênio universal, sua curiosidade sem fim e seu talento artístico tinham-no levado às fronteiras do conhecimento do seu tempo. Para mim, Leonardo era uma espécie de mistério que eu desejava explorar, por mais difícil que me parecesse entendê-lo plenamente.

Meu interesse pelo Renascimento datava de minha adolescência em Paris. Começou logo depois da morte de meu pai, num acidente de trânsito, quando eu tinha 17 anos. As paredes de nosso apartamento eram cobertas de estudos sobre pintores e grandes álbuns ilustrados de suas obras. Pouco tempo depois do brutal desaparecimento de meu pai, provavelmente para fugir a uma realidade desprovida de sua calorosa presença, mergulhei nos livros. Eles me proporcionavam inúmeros devaneios longínquos, abriam inúmeras perspectivas de mundos onde a morte podia ser conjurada. Foi nessa fascinante biblioteca (que até aquela época, devo confessar, nunca me interessara muito) que descobri um sentido para a minha existência.

Terminado o estudo fundamental, fui para os Estados Unidos, sendo admitido num *college* para um curso de história e literatura. Americano por parte de mãe, queria conhecer melhor aquele país e passar pelo menos alguns anos ali, estudando. Obtive boas notas que me abriram as portas de Harvard, onde cursei história da arte. Meu propósito era estudar os principais pintores do Renascimento: Leonardo da Vinci, Michelangelo e Rafael. Eram os três artistas que meu pai mais amava. Ele costumava chamá-los de "o círculo sagrado". Papai dizia muitas vezes, entre sério e brincalhão: "A arte é antes de tudo um olhar de magia e benevolência para com a realidade." Creio que, além da família, a arte foi a grande felicidade de sua vida.

Passei uma parte da manhã na biblioteca examinando exemplares de antigos manuscritos. Além de William Keith, o bibliotecário-chefe da Fundação Berenson, um taciturno nativo do Wyoming que podia ter seus quarenta anos, éramos três estudantes — em I Tatti dizia-se *fellows* — na grande sala de leitura.

Após almoçar com uma certa pressa, fiquei um momento no jardim mergulhado no romance de Dan Brown. Devo admitir que estava entusiasmado com a intriga, ainda que os fatos apresentados pelo autor como históricos me parecessem difíceis de acreditar. William Keith, vendo-me com *O código Da Vinci*, esboçou um sorriso divertido — o primeiro, se não me engano, desde que o conhecia. Passada uma boa hora de leitura, consegui largar o romance e voltar ao estudo. A atmosfera na biblioteca era silenciosa. Ouvia-se apenas o surdo farfalhar das páginas e os ruídos de um estudante sobre o teclado do seu computador. Eu estava absorto na leitura de um livro raríssimo de Fabricio Dini, autor toscano do século XVIII há muito caído no esquecimento. Quando consultava de maneira fortuita a bibliografia, topei com a menção a um manuscrito de Giorgio Vasari intitulado *Leonardo e l'Alchimia.*

Como todo estudante de arte, eu estava familiarizado com os trabalhos de Giorgio Vasari, famoso historiador e artista do Renascimento — o primeiro historiador da arte, para ser mais preciso. Autor de *Vite de' più eccelenti pittori, scultori e architetti* (Vida dos melhores pintores, escultores e arquitetos), o próprio Vasari era pintor e arquiteto de renome. Fora ele o autor do projeto da Galleria degli Uffizzi em Florença, onde se encontra hoje a maior coleção de arte italiana.

A menção de Fabricio Dini não tinha mais que algumas linhas, mas representava uma descoberta para mim. Nunca ouvira falar de um trabalho de Vasari sobre a alquimia na obra de Leonardo. Ignorava mesmo que Leonardo fosse um adepto da Grande Obra, embora isso não me tenha deixado muito surpreso. Leonardo não era homem de deixar inexplorado um domínio tão importante do conhecimento de seu tempo.

Em certo estado de excitação, li a menção completa de Dini sobre *Leonardo e l'Alchimia.* Ela fazia referência, de maneira insuficientemente clara, é verdade, a uma "chave" que abriria a consciência dos homens. Será que o manuscrito de Vasari permitiria que se desvendassem os significados alquímicos nas pinturas de Leonardo da Vinci? Ou antes faria remissão a registros hoje desaparecidos do criador de *La Gioconda*? Impossível ser categórico; as anotações de Fabricio Dini eram extremamente sucintas. Fiquei encantado com a descoberta dessa história que parecia estabelecer um paralelo extraordinário com minha leitura de *O código Da Vinci.*

De acordo com as explicações de Dini, o secretário de Giorgio Vasari copiara o manuscrito deste em três exemplares e os confiara aos seus mais fiéis amigos. No século XVIII, Fabricio Dini tinha podido consultar um dos manuscritos na Biblioteca Laurentina em Florença.

Para quem escrevia uma tese como eu, uma bela informação representava um verdadeiro achado. Dirigi-me imediatamente a William Keith para perguntar-lhe se já tinha visto a obra na biblioteca. Sua cultura no domínio da arte do Renascimento era famosa em I Tatti e era possível que ele já tivesse deparado com o manuscrito de Vasari. Ele me examinou um instante com seus olhos sombrios, afastou a mecha com a qual escondia sua testa alta e respondeu que ignorava completamente a existência do manuscrito. "Em todo caso", disse, depois de consultar sua base de dados, "não está registrado entre nós".

Muito cedo no dia seguinte fui ao centro de Florença para visitar o complexo monumental de San Lorenzo, mundialmente conhecido por abrigar a capela funerária dos Médici, esculpida por Michelangelo. Os dois claustros de arcadas delicadas emanavam um encanto virgiliano. Contornando um grupo de turistas californianos, subi a escada furtiva que leva ao primeiro andar do claustro, onde está a entrada da Biblioteca Laurentina. Esta guardava todos os manuscritos antigos reunidos ao longo dos séculos pela família Médici.

A riqueza da biblioteca explica-se tanto pelos prodigiosos recursos financeiros dessa família de mecenas quanto pelos acasos da diplomacia religiosa e da guerra. Na época do Concílio de Florença, em 1439, as irmãs inimigas da cristandade, as Igrejas do Oriente e do Ocidente, tinham-se espetacularmente reconciliado. Mas esse novo entendimento não durou, devido à tomada de Constantinopla pelos turcos. A queda do Império Romano do Oriente acarretou a fuga de numerosos filósofos, pensadores e religiosos que naturalmente refugiaram-se junto àqueles com quem estiveram ligados por ocasião do Concílio de Florença, alguns anos antes. Foi assim que milhares de manuscritos extremamente preciosos que datavam da Antiguidade grega chegaram à biblioteca dos Médici, que logo se tornou o santuário europeu da literatura antiga. Além das obras de filosofia e teologia, encontravam-se ali manuscritos raros sobre esoterismo, hermetismo, alquimia, cabala... Obras debatidas pelos membros da academia neoplatônica criada por Cosimo de Médici, à qual pertenceram Leonardo, Michelangelo e, um pouco mais tarde, Rafael.

Para a concepção do prédio destinado a proteger essas milhares de obras, os Médici tinham recorrido a ninguém menos que Michelangelo. O artista florentino desenhou um extraordinário vestíbulo de acesso à sala de leitura utilizando motivos de colunas incrustados diretamente na estrutura das paredes. Nunca se vira tal inovação, mesmo na Antiguidade. As paredes pareciam em movimento. Dessa entrada partia uma grande escada que, remontando o curso de uma torrente montanhosa, causava uma estranha impressão — como se a água imaginada procurasse a todo instante empurrar-nos para baixo. Seria para simbolizar o esforço permanente que o acesso ao conhecimento exige?

Vencidos os grandes degraus da escada, cheguei à sala de leitura, cujos assoalho e teto, embelezados por magníficas obras de marchetaria em madeira, pareciam dois espelhos se encarando. Já na faixa dos cinqüenta, um bibliotecário de tez macilenta guardava o acesso ao acervo. Com gestos medidos, levantou seus pequenos óculos de míope e lançou-me um olhar suspeitoso. Certamente tomava-me por um turista perdido nas terras sagradas da Laurentina, e essa idéia causou-me um imenso desconforto. A fim de tranqüilizá-lo, apresentei-lhe minha carteira de estudante de I Tatti, carteira que me permitia escarafunchar todas as bibliotecas da Itália. Ele fez um gesto silencioso de concordância e gratificou-me com um breve meneio da cabeça.

— *Buon giorno, Signore*. Procuro um manuscrito que deveria estar na Laurentina. Pode me ajudar?

— Que manuscrito? — disse ele, com um ar de desafio.

— Uma obra de Giorgio Vasari intitulada *Leonardo e l'Alchimia*.

— Temos de verificar no departamento dos manuscritos. A primeira etapa consiste em ver se temos realmente a obra e qual sua cota. Acomode-se na sala. Eu o avisarei assim que tivermos uma resposta.

Eu estava muito excitado com a idéia de ter em mãos um trabalho inédito sobre a obra de Da Vinci, e mais ainda por ser de autoria do grande Vasari. Estava ao mesmo tempo confiante e relaxado. A atmosfera de estudo da Laurentina me agradava, e eu tinha levado material suficiente para trabalhar em minha tese, caso tivesse de esperar muito.

Passou-se uma hora. O bibliotecário voltou, o ar preocupado. Aparentemente alguma coisa o atormentava. Disse-me que o manuscrito estava registrado no acervo da biblioteca, mas que ninguém conseguia localizá-lo. Um pouco mais tarde, tornou-se evidente que o manuscrito tinha sido roubado. O bibliotecário, visivelmente transtornado pela notícia, mandou chamar os *carabinieri*, que, estranhamente, logo chegaram. Como eu continuasse lendo na grande sala (não sei por quê, ainda tinha esperança de que eles acabassem encontrando o manuscrito de Vasari), os dois *carabinieri*, que usavam cinturão de couro branco e botas reluzentes, quiseram me interrogar. "Perguntas de rotina", disseram-me eles. Eu não via nenhuma razão para não colaborar. Os dois policiais queriam saber com o que se parecia a obra roubada. Respondi que ainda não a vira, portanto não fazia a menor idéia de sua aparência. Quando procuraram entender por que exatamente eu me interessava pelo manuscrito, confessei que escrevia uma tese sobre Leonardo da Vinci e que isso não me parecia ter algo a ver com as leis italianas. O bibliotecário chegou em meu socorro, explicando que eu não tinha nada a ver com o caso, e eles finalmente me deixaram em paz.

Decepcionado com o curso dos acontecimentos, voltei a I Tatti, refletindo bastante sobre toda a história. O roubo do manuscrito era, sem dúvida, obra de algum colecionador particularmente ávido. Talvez uma ação encomendada. Ou então alguém o roubara com o intuito de revendê-lo mais tarde. O exemplar valia provavelmente dezenas de milhares de dólares no mercado de arte.

Como a obra não aparecia na base de dados da Fundação Berenson, ela nunca tinha sido editada. Eu não tinha qualquer idéia de onde poderiam estar os dois outros exemplares originais. Fabricio Dini não dava nenhuma indicação dos locais possíveis, e, de qualquer modo, aproximadamente três séculos tinham-se passado desde então.

Três dias mais tarde, depois da hora do jantar, eu tomava chá na grande sala do andar térreo. Com os outros *fellows* da vila entregues a suas ocupações, terminei tranqüilamente

O código Da Vinci. Uma mulher muito idosa, muito elegante, entrou então com uma caneca de café na mão. Seu rosto redondo e afável trazia os reveses do tempo como um enfeite insólito; suas rugas seguiam as fendas dos lábios e dos olhos. Meu pai tinha o costume de dizer que a partir de uma certa idade todos os nossos pecados tomam conta do nosso rosto. Nos traços dessa mulher, iluminados por dois olhos azuis cintilantes de inteligência, só vi delicadeza e bom humor. Era americana e chamava-se Susan Cunningham. Seu nome não me era inteiramente desconhecido; lembrava-me de tê-lo visto várias vezes em *A letra de Florença*, uma publicação de I Tatti. Susan Cunningham era uma famosa historiadora da arte que tinha escrito várias obras sobre a Renascença.

— I Tatti desertado pelos *tattiani*? O que está havendo esta noite?

— Oh, acho que há uma festa em Fiesole.

— E o senhor não vai? Parece-me muito jovem para privar-se de uma festa toscana.

— Darei um pulinho lá mais tarde.

— Não perca tempo — disse com um largo sorriso. — Do contrário, correrá o risco de fazer companhia a uma velha senhora que já está ficando gagá. Desejo-lhe uma noite mais divertida.

— Nada disso. Estou feliz por encontrá-la.

Quando me apresentei, ela teve uma reação surpreendente. Repetiu várias vezes o meu nome.

— Seth, Seth Thévenot... como é agradável...

Depois, ficou um instante pensativa.

— É um belo nome — disse, por fim. — Sabe o que quer dizer?

— Eu não sabia que meu nome tinha um significado particular — respondi, meio surpreso. — Foi meu pai quem o escolheu, isso é tudo que sei.

— Seu pai é americano?

— Não, ele era francês. Morreu há oito anos. Minha mãe, sim, é de Baltimore.

— Sinto muito por seu pai. Deve ter sido terrivelmente difícil para o senhor perdê-lo tão jovem.

Pelo olhar fixo, ou pela intensidade particular de sua voz, compreendi que ela havia passado por prova semelhante. Ela voltou a ficar em silêncio.

— Sim. Foi muito difícil, para todos nós, admito. Meu pai era um homem apaixonado e cheio de bom humor. Tinha uma visão positiva e generosa da vida. Foi graças a ele que me interessei por história da arte.

— Disse-me que foi seu pai quem escolheu seu nome...

— Sim, minha mãe achava esse nome meio estranho.

— Seu pai devia ser uma pessoa de grande erudição: esse prenome tem muitas significações.

Mas, assim que ela viu que eu estava segurando um exemplar de *O código Da Vinci*, mudou de assunto.

— Vejo que está lendo essa obra bastante agradável — disse ela. — Sabia que não se trata só de um romance?

— A senhora está dizendo que o que ele conta é verdadeiro? A teoria segundo a qual a Igreja teria ocultado durante séculos o casamento de Jesus e Maria Madalena, que eles teriam tido uma filha...

— Não, não foi bem isso o que eu quis dizer. Mas *O código Da Vinci* é uma obra bem misteriosa... Ele mistura o verdadeiro e o falso com muita habilidade. O livro de Dan Brown talvez não seja mais que uma cortina de fumaça...

— Para dizer a verdade, não cheguei a considerar tal questão.

— Não acha surpreendente a maneira como *O código Da Vinci* tornou-se um sucesso? A transformação de um interessante romance de suspense em um fenômeno de sucesso mundial...

Sentada calmamente à minha frente, Susan Cunningham sorria para mim, enquanto brincava com um lápis. Seus dedos eram finos como estiletes de alabastro. Contemplando-a, imaginei que Susan devia ter sido uma mulher muito atraente em sua juventude. Da antiga beleza restavam um carisma e uma paixão capazes de despertar a inveja de mulheres jovens. No entanto, eu não sabia muito bem o que devia pensar de suas palavras sobre *O código Da Vinci*. Efetivamente, o romance de Dan Brown tinha alcançado um sucesso fenomenal e inexplicável, tanto na opinião dos editores como na do próprio autor. O certo mesmo é que ele contava de forma envolvente uma história apaixonante.

Susan era uma historiadora de arte famosa que freqüentava a Itália havia décadas. Arrisquei-me a fazer-lhe uma pergunta.

— Acha que Leonardo da Vinci pode ter sido alquimista?

— É muito provável. Várias fontes apontam nesse sentido.

Era a primeira pessoa que me confirmava tal possibilidade. Nenhum dos autores que eu tinha lido admitia isso. Será que ela já tinha ouvido falar do manuscrito de Giorgio Vasari? Resolvi contar-lhe o que eu sabia sobre a existência de uma obra intitulada *Leonardo e l'Alchimia* e sobre o desaparecimento de um dos manuscritos da Laurentina. Susan Cunningham não pareceu nem um pouco surpresa com minha história.

— Grandes artistas do passado foram iniciados da Grande Obra; eles deixaram sinais na arquitetura de catedrais, em quadros... Muitas obras de arte são, de fato, livros codificados de alquimia. E as pessoas que se opuseram a tais conhecimentos não hesitaram em destruí-las para impedir que fossem decifradas.

— A senhora acredita realmente nisso? Pensa mesmo que uma seita qualquer entrega-se à tarefa de dar sumiço em obras unicamente porque estas dariam certas indicações?

— Oh, ainda existe esse tipo de coisa. Por que você acha que Bernard Berenson mandou fazer aqui mesmo um fichário específico para obras desaparecidas. São chamadas de "quadros fantasmas".

De fato, eu sabia que a biblioteca de I Tatti conservava arquivos de todos os quadros desaparecidos. Certas fichas continham um clichê em preto e branco, uma gravura antiga ou uma menção em um estudo.

— O manuscrito que mencionou talvez seja uma "obra fantasma", destinada a reaparecer entre as mãos da pessoa digna dela, quando chegar o tempo...

Súbito, ela levantou-se e fez um sinal para que eu a seguisse.

— Venha, vou mostrar-lhe algo.

Na parede havia um quadro monumental representando Francisco de Assis, de pé, os braços em cruz, mostrando os estigmas na palma das mãos. Estava dentro de uma auréola de luz e de fogo, uma cavidade inflamada repleta de anjos. Nesse quadro impressionante, São Francisco pisava três personagens: uma jovem mulher olhando-se num espelho, um guerreiro em armadura de ouro e uma freira apertando uma bolsa numa prensa. Acima de sua cabeça distinguiam-se três anjos. Eu sabia que era uma das peças mais importantes da coleção Berenson a ser exposta na vila, embora nunca tenha compreendido o porquê.

— Considere este quadro executado por Sasseta; ele traz em si muitos significados ocultos. Aliás, é a razão por que se tentou várias vezes destruí-lo. Bernard Berenson comprou-o em 1902 e instalou-o aqui para protegê-lo e ao mesmo tempo propiciar a oportunidade de admirá-lo.

— Mas o que significam esses personagens?

— Oh, é muito simples: a jovem mulher com um espelho significa a luxúria. O guerreiro encarna o orgulho. E a freira... a freira que segura a bolsa fechada é a avareza. São Francisco subjuga as três paixões.

— Está, portanto, encimado por três virtudes: a obediência, a castidade e a pobreza. É isso?

— Pegou rápido, meu jovem.

Susan contemplou longamente o Sasseta, depois pronunciou suavemente uma frase, num quase sussurro:

— Há tantas maneiras de olhar as coisas...

Eu estava meio perdido em relação às idéias enigmáticas de Susan. Imaginava que Sasseta era um artista original, admirador de São Francisco de Assis, que desejara transgredir as regras de sua época produzindo um quadro original.

Sentia-me um pouco como Parsifal na frente de Amfortas na obra-prima de Wagner. Não chegava a compreender muito bem o sentido profundo da obra de Sasseta. Para acabar com meu incômodo e mudar de assunto, perguntei a Susan se ela tinha alguma idéia do local onde eu poderia encontrar um exemplar do manuscrito de Giorgio Vasari. A velha senhora virou-se para mim, lançando-me um olhar divertido. Seus olhos brilhavam de malícia.

— Oh, o manuscrito de Vasari... — disse ela. — Sim, sim. Dizem que existiam apenas três exemplares no mundo e que um deles pertenceu ao cardeal Mazarin, um italiano que se tornou primeiro-ministro do rei da França. Ele teria levado o manuscrito para lá. E, se isso lhe interessa, seja para usar em sua tese ou por outras razões, não acha que deveria procurá-lo em Paris?

II

Paris

Paris, 29 de maio

Foi com um sentimento de alegria e excitação que peguei um avião para Paris. Embora francês por parte de pai, e tendo morado a maior parte de minha vida na cidade-luz, sempre me senti mais feliz visitando minha própria terra na condição de turista. Durante meus estudos em Massachusetts, voltava duas ou três vezes ao ano para rever minha mãe e meu irmão, e percebi que gozava bem mais a magia de minha cidade natal estando ali como um mero visitante do que como morador. Desta vez, contava ficar vários dias, e, se tivesse sorte, poderia até encontrar o manuscrito de *Leonardo e l'Alchimia*. Além disso, estava contente por poder passar algum tempo com Hugo, meu irmão caçula, que estudava engenharia, ainda que nossas relações não fossem das mais simples. De uma maneira estranha, e apesar de termos sido muito próximos durante nossa infância, a morte de nosso pai nos afastou. Cada qual passou a viver a seu modo esse drama e construiu sua própria carapaça emocional — a erudição, no meu caso, e no dele, a sociabilidade. Uma rivalidade não manifesta tingia desde então nossas complexas relações. Entretanto, em meus momentos de honestidade, eu era obrigado a constatar que era o principal incentivador daquela situação.

Ao desembarcar, fui imediatamente ao apartamento da família. Ele ficava no cruzamento de velhas ruas do Quartier Latin. Até onde me lembro, sempre moramos na Rue de la Montagne-Sainte-Geneviève, uma rua sinuosa que descia do Panteão para o Sena, num imóvel antigo com tabiques de madeira. O interior era surpreendentemente espaçoso para uma habitação tão antiga, com vigas escuras no teto e lareiras de mármore. Estantes maciças cheias de livros realçavam seu aspecto caloroso. O cheiro desses velhos livros evocava sempre as histórias de cavaleiros e os contos orientais que meu pai lia para mim, à noite, para que eu pegasse no sono. Ao entrar na sala de estar, onde imperavam grandes poltronas, sua lembrança se fez ainda mais forte. Faltava nesse cômodo o perfume doce e suave do Kentucky Bird, seu tabaco preferido. Coloquei minhas bolsas no chão e sentei-me numa das poltronas, tentando desajeitadamente trazer à vida os momentos passados com meu pai. Lembrei-me de seus risos vibrantes, de suas frases cheias de sabedoria; senti sua presença jovial que vencia o tempo, a separação e a morte.

Eram seis horas da tarde quando mamãe chegou do trabalho. Era uma mulher cheia de vida e animação que, aos 50 e tantos anos, desprendia energia comunicativa. Sua exuberância americana destoava um pouco do lado mais afetado da burguesia da *rive gauche*. Ela sempre tivera uma maneira curiosa de observar as pessoas, provavelmente por causa de seus óculos em meia-lua, que a obrigavam a baixar a cabeça e levantar por cima deles seus olhos cinza-esverdeados. Com a morte de papai, resolvera nos criar na França, apesar das múltiplas dificuldades que isso implicava para ela. Com o dinheiro deixado por nosso pai, ela abriu uma galeria de arte especializada em pintura moderna e, em alguns anos, soube atrair uma clientela de além-Atlântico que lhe assegurava uma renda bastante confortável. Há cinco anos conheceu Jack, um dentista divorciado de Nova York com quem passava longas temporadas nos Estados Unidos ou em viagem. Hugo e eu tínhamos finalmente aceitado Jack, provavelmente porque ele era um homem simpático e discreto. Nenhum de nós queria ver mamãe infeliz e solitária pelo resto de seus dias.

Ao me ver, ela se aproximou e me acolheu em seus braços.

— Bom dia, meu filho! Já está de volta a Paris? Houve algum problema?

— Não se preocupe, mamãe. Senti sua falta, afinal duas semanas longe são muito tempo.

— Pare de zombar de mim! — disse ela, sorrindo. — Normalmente, preciso implorar para que me visite. Filho ingrato!

— Na verdade, seriamente, fora o prazer de ver a senhora e Hugo, são precisamente os meus estudos italianos que me trazem a Paris. Imagine que há grande possibilidade de que exista aqui um documento extremamente raro sobre a vida de Leonardo da Vinci que está fazendo falta nas bibliotecas de Florença. De fato, o único exemplar foi roubado e, por minha causa, o roubo foi descoberto.

— Muito bem, enquanto espera mergulhar nessas aventuras vai comer caranguejos ao creme. Eu me lembro bem de como você ficava maluco com esse prato quando íamos de férias a Baltimore. Vamos, guarde suas coisas e venha comer.

Cerca de 15 minutos depois de minha chegada, Hugo apareceu no apartamento. Usava uma camiseta amarrotada e calças jeans. Com seus 23 anos, bem-apessoado, Hugo tinha 1,85 metro de altura — uns dez centímetros a mais do que eu — e ombros largos de atleta. Seus cabelos castanhos despenteados emolduravam um belo rosto dotado de uma forte mandíbula e zigomas inclinados. Quando olhava para ele, não podia reprimir um sentimento de exasperação. Hugo não era apenas o arquétipo do *beach boy*; além desse físico de lutador com o qual eu não havia sido contemplado, ele tinha uma inteligência e um bom humor fora do comum.

— Seh! — disse ao ver-me. — É incrível que tenha vindo tão rápido a Paris. Espero que não seja apenas para o fim de semana, como das outras vezes.

— Acabo de contar a mamãe por que voltei. Estou à procura de uma obra do século XVI que desapareceu misteriosamente. Acho que um dos raros exemplares existentes estão atualmente em Paris, mas ainda não sei onde.

— Como é romântico e intrigante! — disse mamãe.

— Bem, grande irmão, você sempre soube esconder sua vocação! — disse Hugo, sentando-se conosco para jantar. — Gosta de se mostrar como um rato de biblioteca, o nariz enfiado nos alfarrábios, mas na verdade é um verdadeiro aventureiro. Já lhe apelidaram de Indiana? Sem brincadeira, acho essa história muito excitante. Se precisar de minha ajuda, é só dizer.

Paris, 30 de maio

A primeira etapa de minha temporada parisiense era a Biblioteca Nacional da França, que todo mundo, por comodidade, chama de BNF. Entrei nas salas do subsolo construídas em torno de um jardim secreto à italiana. A presença familiar da sombra de pinheiros parecia ao mesmo tempo feliz e incongruente no meio do cinza parisiense. O imenso prédio abrigava a maior coleção de livros da França e, certamente, uma das mais ricas do mundo. A partir do século XVI, sob o reinado de Francisco I, os editores e impressores do reino tinham a obrigação de enviar um exemplar de todas as suas obras à biblioteca. Faz alguns anos, esta passou a contar com um sistema informatizado que permite localizar obras raras em todo o país. Graças a esse sistema, descobri que existia efetivamente um exemplar do manuscrito de Giorgio Vasari na França. Tudo parecia corroborar as indicações de Susan.

À tarde, fui até as margens do Sena, onde está uma das mais antigas e mais belas bibliotecas de Paris: a Mazarine. Para ser exato, é a mais antiga biblioteca pública da França e conserva um encanto todo particular, uma mistura de distinção e agradável reserva. De fato, pouca gente sabe de sua existência na ala esquerda do palácio do Instituto de França, a dois passos de onde se reúnem os membros da Academia Francesa. A biblioteca foi fundada pelo cardeal Mazarin, o famoso primeiro-ministro de Luís XIV de que me falara Susan Cunningham em Florença. Até o momento, os elementos de que eu dispunha iam na mesma direção. Se o cardeal Mazarin tinha possuído um exemplar de Vasari, parecia lógico, ou pelo menos plausível, que essa obra estivesse hoje conservada no acervo da biblioteca.

A maneira mais agradável de chegar à Mazarine era pela Ponte das Artes, atravessando o Sena. A meio caminho da ponte de pedestres descortinava-se o panorama mais extraordinário e fascinante que existe. O pátio Carrée do Louvre, centro do poder real e imperial durante séculos, reproduzia uma forma geométrica pura. Era a expressão mais bem-acabada do "espírito francês" — uma mistura única de equilíbrio, simetria e harmonia que se podia ver tanto num plano do jardim de Le Nôtre como no modelo da dissertação ensinada em toda a parte na França. Diante de mim, banhada num estranho *sfumato* primaveril, erguia-se a fachada barroca do Instituto de França, o antigo Colégio das Quatre-Nations, nomeado em honra às quatro províncias ligadas ao reino sob o governo do cardeal-ministro. O colégio fora construído com fundos especialmente legados pelo cardeal e tirados de sua imensa fortuna, acumulada de maneira mais ou menos duvidosa. Parecia-me curioso que a Biblioteca Mazarine ficasse localizada em exata simetria com o Louvre, onde se desenrola uma parte importante da ação de *O código Da Vinci*.

Entrei no pátio e virei à esquerda em direção à frente do pórtico oriental. Depois de um discreto olhar lançado à estátua do cardeal, segui pela escada afunilada e decorada com bustos antigos. No poço de luz, distingui rapidamente Zeus, Apolo, Baco e a cara de patife de Caracala. O patamar conduzia a duas portas: uma com a inscrição *Museum* parecia na verdade algum misterioso conjunto de antiguidades, a outra trazia *Bibliotheca* gravada sobre o mármore negro. Esperei uns segundos, medindo com apreensão o ritmo dos meus batimentos cardíacos. Finalmente, transpus a porta e cheguei a uma sala octogonal bastante reduzida, visivelmente destinada aos catálogos da biblioteca. Um homem forte e de altura mediana estava atrás de uma mesa na entrada. Tinha uma expressão amável e falava com o sotaque claro do sudoeste:

— Bom dia, senhor, bem-vindo à Mazarine. É sua primeira vez, não é mesmo? Em que posso ajudá-lo?

— Bom dia, senhor. Na verdade, estou procurando uma obra muito rara e, de acordo com o computador da BNF, o senhor tem aqui um exemplar.

— Se é a BNF quem diz, certamente a encontraremos. Se a informática não for confiável, já não poderemos saber em que mais confiar... Mas falemos sobre essa notável obra — disse o jovial bibliotecário. — Pode me dizer algo a respeito dela?

— É um manuscrito em italiano, do próprio punho de Vasari ou mais provavelmente de seu secretário. Seu título é *Leonardo e l'Alchimia.*

— De que época?

— Não sei muito bem. Pelo fim do século XVI, digamos 1570.

— Ah, se é um manuscrito tão antigo, não está em nosso catálogo informatizado. Não teremos condições de fazer uma pesquisa por autor ou por palavras contidas no título.

— Sim, mas está no catálogo da BNF.

— São duas coisas distintas. Ele está referenciado entre nós, tudo bem, mas na Mazarine só as obras dos séculos XIX e XX estão no catálogo informatizado. Temos seiscentos mil volumes aqui, e um quarto deles já foi registrado no computador.

Diante do meu ar de desapontamento, ele se apressou a dizer de modo caloroso:

— Não tem importância. Aliás, nada tem importância. Poderá fazer sua consulta nos fichários manuais. Até hoje ninguém morreu por isso — disse ele com um sorriso.

— Tudo bem. Por onde começo?

— Nesses armários de madeira atrás do senhor — disse, lançando um olhar por cima do ombro. — É ali dentro. Tudo está classificado por autor ou por título. Se precisar de ajuda, fale comigo.

Lancei-me à tarefa e logo tinha nas mãos a ficha correspondente à obra de Giorgio Vasari, referenciada como Ba2-Tvb.

O bibliotecário saiu para buscar o manuscrito no depósito enquanto eu esperava na grande sala de leitura. Era um aposento enorme banhado pela luz topázio do crepúsculo. Arrumadas nas prateleiras, entre colunas de estilo coríntio, podiam-se ver milhares de obras relativas a todos os domínios do conhecimento humano. No fundo da sala, depois de uma sucessão de bustos antigos de bronze ou de mármore, ficava um globo celeste de Coronelli indicando os signos do Zodíaco. Voltei ao átrio, mas o bibliotecário ainda não tinha voltado. Sentei-me numa cadeira da sala e esperei pacientemente, tentando não permitir que meu espírito vagueasse em todas as direções. Quando, após quase uma hora, ele reapareceu, seu rosto não estampava mais a mesma jovialidade.

— Sinto muito, senhor, mas a obra que está procurando não está disponível. Temo que esteja desaparecida.

— O senhor diria que foi roubada?

— Infelizmente, sim.

— Como o senhor explicaria isso?

— Não sei como explicar, esse é o problema.

— Esse tipo de coisa costuma acontecer?

— Faz quinze anos que trabalho aqui e posso lhe garantir que os roubos são extremamente raros. Para dizer a verdade, não me recordo de nenhum outro. E o mais grave é que os manuscritos ficam trancados em salas vedadas ao público. Temos de avisar imediatamente a polícia.

Embora guardasse uma certa compostura, eu estava muito desapontado. Viera de Florença unicamente para encontrar essa obra, e mais uma vez ela me escapava. E ainda tinha quase certeza de que, se conseguisse lê-las, as anotações de Vasari seriam de extrema valia para a minha tese. Mas estava diante de um novo impasse. Perguntava-me se não se tratava de um simples acaso ou se havia ali uma ação proposital. Quem podia ter interesse em fazer desaparecer uma obra desse gênero, e por que razões? Sobretudo, eu não tinha nenhuma idéia do lugar onde se encontrava o último exemplar de *Leonardo e l'Alchimia*, supondo que este também não tivesse sido roubado. As palavras de Susan ressurgiam em minha cabeça. Seria mesmo possível que obras fossem destruídas porque desvendavam verdades perigosas?

Antes de ir embora, fiz uma última tentativa, pedindo ao bibliotecário sua opinião:

— Se a obra foi roubada por um colecionador, como poderia ser recuperda?

— Francamente, não sei. Se alguém deu sumiço nesse manuscrito, não sairá dizendo isso por aí.

Ele ficou um instante pensativo e silencioso, mas disse em seguida:

— Olhe, essa obra fala de Da Vinci e de alquimia, não é?

— Sim, é o que imagino. É o que diz o seu título.

— A única coisa que o senhor pode fazer é entrar em contato com alquimistas. Talvez o ajudassem.

— Acha mesmo?

— Digamos que é uma possibilidade.

— Mas não faço a menor idéia de como entrar em contato com eles! Sempre me pareceram pessoas extremamente discretas.

— É verdade. Mas Paris é uma cidade muito importante para a alquimia e até existe uma livraria especializada na Grande Obra. Deveria ir até lá.

— O senhor tem o endereço?

— Rue de la Huchette, se não me engano. Parece que seu nome é A Tábua de Esmeralda.

Paris, 31 de maio

Tempo esplêndido. Acima dos telhados de zinco, entre duas fachadas tipicamente parisienses, descortina-se um imenso céu semeado de cúmulos algodoados. Essas massas de vapor que parecem espreguiçar-se sempre despertaram meu interesse. Foi, portanto, alegremente que me dirigi para as margens do Sena em busca da Rue de la Huchette, na parte antiga da *rive gauche*. Infelizmente, o bairro de ruelas tortuosas tinha sido completamente invadido e descaracterizado pela onda contínua de visitantes estrangeiros. No emaranhado de ruazinhas — algumas não têm mais de um metro de largura — acabei localizando a Rue de la Huchette, paralela ao Sena.

Entre duas paredes sujas e esburacadas destacava-se uma lojinha chamada A Tábua de Esmeralda. Atrás da vitrine vislumbrei algumas obras usadas sobre assuntos específicos e dois ou três volumes aparentemente antigos. Empurrei a porta de madeira, que pôs em ação um molho de sininhos de bronze. Era uma livraria estranha, repleta de obras encadernadas à mão e de manuscritos com capa de couro com aspecto de livros de magia. Por pouco, se tais obras não estivessem misturadas de maneira perturbadora com livros modernos sobre esoterismo estilo *new age*, eu acreditaria estar em plena Idade Média, no antro de um filósofo-mago.

O proprietário tinha a cabeça quadrada e sobrancelhas espessas. Quando lhe expliquei meu problema (sem mencionar os roubos na Laurentina e na Mazarine), ele mostrou-se inicialmente circunspecto:

— Ouça, caro senhor. O que está procurando é um manuscrito mítico. Não há nenhuma certeza de que ele tenha realmente existido.

— Mas existem tantas menções a ele.

— Sim, mas isso não quer dizer nada. Aliás, toda a alquimia está baseada no claro-escuro, as indicações são abundantemente cifradas. Além disso, mesmo que o senhor venha a descobrir esse manuscrito, não há qualquer garantia de que possa decifrá-lo sozinho.

Não sei por quê, mas suas palavras pareciam esconder alguma coisa; como se ele hesitasse em revelar-me um elemento.

— Não é a primeira vez que lhe falam desse manuscrito, não é mesmo? — perguntei.

Ele ficou um instante pensativo, como se estivesse lembrando de algo longínquo. Sacudiu a cabeça, hesitou um pouco e disse:

— A última vez que ouvi falar dessa obra foi há uma dezena de anos, com um cliente. Ele deixou escapar algumas reflexões sobre esse manuscrito. Dava a impressão de que o tivera durante um certo tempo nas mãos.

— É fascinante! Conhece algum jeito de entrar em contato com essa pessoa?

— Não. Sinto muito. Ele aparece aqui de tempos em tempos para examinar nossos livros antigos, é tudo. Nós compramos livros de colecionadores, por ocasião de inventários ou em velhos castelos de província.

— O senhor não conhece mesmo nenhum meio que me permita encontrar essa pessoa?

O livreiro arqueou as sobrancelhas com espanto. Ele sentia que aquele assunto era de grande importância para mim.

— Olhe, o que posso fazer é ficar com seu endereço e telefone. Se o meu cliente aparecer por aqui, eu falo com ele. Não posso fazer mais nada. De qualquer modo, gostaria de saber se o senhor tem consciência de onde está pisando. A alquimia é um universo à parte. Se ultrapassar uma certa fronteira, logo se verá em outro mundo.

Depois dessas palavras, anotei meu nome, telefone e endereço num pedaço de papel. Aproveitei para comprar duas ou três obras gerais sobre alquimia. Depois de ter agradecido uma última vez ao livreiro, saí, um pouco espantado por ver-me lentamente desviado de uma pesquisa sobre minha tese para todo esse interesse pela Grande Obra.

Paris, 3 de junho

Ainda não havia chegado nenhuma notícia da Tábua de Esmeralda. Eu não podia ficar para sempre em Paris. Se em alguns dias não chegasse nada, teria de voltar para Florença. Tanto esforço para nada, que decepção!

Paris, 4 de junho

À noite saí com Hugo para beber alguma coisa; ele, praticamente, teve que me arrancar do apartamento, pois eu não sentia o menor entusiasmo para ir à rua. Tínhamos marcado um encontro com duas americanas de passagem por Paris, Emily Fyne e Charlotte Waterbury, cujos pais são velhos amigos de mamãe. Na nossa cabeça, a idéia era acompanhá-las como fiéis escudeiros, mas não sei se Hugo se contentaria com esse papel. Emily era uma garota bonita de 22 anos, muito animada e esperta; ela ficava brincando com as pregas do seu vestido de seda, o que provocava piscadelas incontroláveis de Hugo. Sua melhor amiga, Charlotte, parecia mais quieta à primeira vista, mas algo na intensidade do seu olhar, quando fixava em mim os grandes olhos verdes, fazia-me duvidar dessa máscara. De fato, era a mais tresloucada das duas; um pouco mais tarde, ela não hesitou em dizer-me que detestava passar a noite sozinha. O que estava querendo dizer com aquilo? Desde o meu último relacionamento estável (já ia para onze meses), não ficara com nenhuma outra garota. Lizbeth, minha ex-companheira americana, mandara-me educadamente passear em maio último, explicando-me que não queria passar o resto de sua vida com um *nerd*: é minha culpa se amo tanto os livros e se as pessoas me causam um pouco de medo? Mas é possível que Lizbeth estivesse certa. Chego a contar tudo o que sei, mas sou inteiramente incapaz de falar abertamente sobre mim mesmo. Entristecido com tais reflexões, esquivei-me de sair naquela noite sob um pretexto qualquer. No fundo, acho que prefiro os livros; eles pelo menos não mudam de humor. Chegando ao meu quarto, lamentei ter fugido do bar. Charlotte era delicada e simpática, eu poderia ter tentado algo. Por que não consigo conversar normalmente com as garotas, como Hugo? Se continuar assim, vou terminar assexuado como meu velho professor de Harvard, resmungando sozinho pelos corredores. A não ser que a aventura em que vou me meter me faça sair um pouco desta falta de ânimo.

Paris, 7 de junho

Na véspera de minha partida para Florença aconteceu algo surpreendente. A zeladora veio me entregar uma carta. Sobre o envelope de papel fino, a letra em tinta azul-petróleo era curiosamente ondulada. No interior, uma simples folha com algumas linhas:

> *Caro senhor,*
>
> *Na livraria Tábua de Esmeralda, mencionaram seu interesse por uma certa obra de Giorgio Vasari.*
>
> *Por que não marcamos um encontro para quarta-feira, digamos, às duas horas da tarde, no Museu de Cluny, na sala XII das velhas termas? Poderemos desfrutar o lugar e, em seguida, conversar sobre o tema de sua pesquisa.*
>
> *Saudações sinceras e amigáveis,*
>
> *Lucien Sauval*

Paris, 9 de junho

Fui ao encontro sugerido por Lucien Sauval. Nem sabia como reconhecê-lo, mas imaginava que o livreiro da Tábua de Esmeralda tivesse passado a ele uma breve descrição minha.

O Museu de Cluny é um lugar único em Paris. Lembra uma massa de tijolos colocada ao longo do *boulevard* Saint-Michel. Instalado nas ruínas das termas romanas, junto a um palácio gótico, o museu é o mais antigo monumento parisiense ainda de pé. O interior foi organizado para receber coleções de arte da Idade Média. Mesmo em junho, a temperatura nas salas das termas era muito fresca. Ao entrar no aposento indicado para o nosso encontro, adivinhei imediatamente quem era Lucien Sauval. Com a ajuda de uns óculos que segurava numa das mãos, ele estava lendo uma notícia (na verdade, dava a impressão de verificar alguma coisa). Era um senhor baixo e magro, quase apagado, com um olhar brilhante de fineza. Ele segurava uma pasta de couro marrom que lhe dava um ar de professor universitário aposentado. Sob traços bem comuns, dei-me rapidamente conta de que entraria em contato com uma personalidade a um só tempo erudita e generosa. Depois das apresentações de praxe, começamos a perambular pelas salas do museu, conversando com familiaridade.

— Como o senhor sabe — arrisquei-me a entrar logo no assunto —, procuro a obra intitulada *Leonardo e l'Alchimia*. Ainda não tive muita sorte, pois parece que os raros exemplares da obra desapareceram. Tenho mesmo a impressão de que existe uma ação orquestrada para fazê-los desaparecer.

— Perdoe-me pela indiscrição — disse ele com voz reservada —, mas por que o senhor vem se esforçando tanto para obter essa obra?

— Para a minha tese de doutorado. Se puder incluir em meus trabalhos um estudo inédito sobre Leonardo da Vinci, será um avanço no domínio da história da arte.

— Tem certeza de que é uma razão suficiente?

— Que quer dizer? — perguntei, embaraçado. — De qualquer modo, minhas pesquisas não deram em nada. Confesso que tenho a sensação de andar em círculo.

— Ouça, não quero que o senhor perca o seu tempo — disse Lucien. — Não tenho a obra que está procurando.

Creio que não posso ajudá-lo. Com toda a sinceridade, sinto muito.

Soltei um suspiro pesado, ao mesmo tempo de amargura e alívio. Chegava a um impasse e, desta vez, não havia meio de avançar.

— Não tem importância, já tinha perdido a esperança — confessei. — A única parte divertida em toda essa história é que tenho a impressão de estar vivendo na atmosfera de um romance que acabei de ler, *O código Da Vinci*.

— O livro de Dan Brown? — disse Lucien Sauval.

Ele esboçou um fino sorriso e tirou os óculos para limpá-los com um lenço caro.

— Sabia que há coisas interessantes em torno desse assunto? É bastante divertido que tenha lido esse livro no momento em que procurava o manuscrito de Vasari.

— Sim, é verdade.

Lucien deteve-se subitamente; sua voz tornou-se mais tensa, como se sublinhasse, involuntariamente, a importância de suas palavras:

— Não dê importância exagerada ao que leu em *O código Da Vinci*. Seu único objetivo é ocultar um segredo muito mais desestabilizador que a eventual paternidade de Jesus.

— Sério?

— Como explicaria o fato de esse *thriller* ter se tornado tão rapidamente um sucesso de vendas mundial?

— Que quer dizer? Por acaso, imagino.

— Um acaso?

— O senhor tem outra explicação?

— Sim, parece que algumas pessoas desejaram, planejaram e executaram esse sucesso estrondoso.

Súbito, lembrei-me das palavras de Susan Cunningham em I Tatti. Ela também parecia afirmar que a obra de Dan Brown ocultava outra coisa. Eu queria tirar aquilo a limpo.

— O senhor se refere a uma conspiração? — indaguei.

— Não gosto dessa palavra, nem de tudo o que ela implica, mas não vejo como definir isso de outra forma. Quando pessoas se organizam em segredo para manipular uma parte da opinião pública em determinado sentido, não se pode chamar de outra maneira.

— Mas como tudo isso poderia ter sido feito? E por quê, na sua opinião?

— Não é muito difícil manipular uma pessoa, basta controlar suas fontes de informação. No caso de Dan Brown, a primeira etapa consistiu em pôr em suas mãos um certo número de elementos. Fizeram chegar até ele dados truncados e falsos, especialmente por intermédio de sua mulher, que é arquivista. Enquanto ela fazia pesquisas na Europa, pessoas forneceram-lhe espontaneamente fontes de informações convenientes, com as quais, em seguida, ela alimentou o trabalho do marido. A segunda etapa foi transformar *O código Da Vinci* em sucesso de vendas mundial. As pessoas por trás dessa manobra são muito metódicas e não deixam margem alguma ao acaso; elas organizaram compras maciças de livros nas maiores livrarias para que *O código Da Vinci* alcançasse rapidamente o topo da lista dos mais vendidos. Era preciso atrair a atenção do público a todo custo, todos os meios eram válidos para isso. Elas contrataram secretamente os serviços de uma das maiores agências de relações públicas nos Estados Unidos, supercompetentes em comunicação. Foi essa agência que pôs em ação uma estratégia muito eficaz para transformar *O código Da Vinci* em sucesso de vendas mundial: artigos encomendados na imprensa, criação de várias polêmicas inventadas etc. Asseguro-lhe que são pessoas muito inteligentes e que dispõem de imensos recursos financeiros.

— Com toda a sinceridade, o que está me dizendo é difícil de acreditar.

— Claro, eles não utilizaram Dan Brown sem razão; ele tinha o potencial. Todos os recursos financeiros da Terra não seriam capazes de transformar *qualquer* livro em sucesso. Os organizadores da operação tinham assinalado o personagem de Robert Langdon no romance anterior de Dan Brown, que se passa no Vaticano, e observaram que o autor dispunha do talento necessário para que suas obras se tornassem sucesso. Por sinal, o próprio Dan Brown ficou muito surpreso com a amplitude do seu sucesso. Ele não esperava tudo isso. Agora mergulhou no silêncio e não dá entrevistas à imprensa.

— Desculpe-me se insisto. Por que toda essa orquestração? Não entendo o interesse que poderia haver nisso.

— É muito simples. Certas pessoas tinham o interesse, um interesse maior, de desviar a atenção do grande público das pseudo-revelações com relação à paternidade de Jesus. Admitamos que Jesus tenha vivido com Maria Madalena, que eles tenham tido uma descendência... Isso não mudaria algo em nosso destino pessoal?

Lucien tossiu um pouco, como para limpar a garganta, e prosseguiu:

— Há várias facções em luta há séculos, e uma delas não hesitou em revelar conhecimentos, ainda que em forma romanesca, a fim de preservar um segredo julgado primordial. É o que nós chamamos de "conspiração Da Vinci". Devo admitir que o golpe foi magistralmente executado.

— Mas quem são exatamente essas pessoas que organizaram tal conspiração?

— Veja bem, existe uma antiquíssima guerra de influências entre indivíduos que se autodenominam os "Passadores", e um grupo que tem por nome "Congregação Cinza".

— Caímos de novo em *O código Da Vinci*! Essa congregação pertence à Igreja, como também a Opus Dei no livro de Dan Brown?

— De fato, a Congregação Cinza representa uma facção da Igreja. Historicamente, seus membros foram a ponta de lança da cruzada contra os cátaros e também os iniciadores da Inquisição. Mas hoje são apenas os guardiões do Templo.

— Continuo sem entender por que lançar uma tal conspiração agora.

— Porque havia um grande ativismo dos Passadores, que ameaçavam finalmente desvendar um grande segredo, e a Congregação Cinza era contra isso. Como lhe disse, *O código Da Vinci* é um engodo, um modo de neutralizar os Passadores. Na realidade, o manuscrito de Giorgio Vasari que o senhor procura está intimamente ligado a esse segredo, e foi por isso que o roubaram na Laurentina, assim como o terceiro exemplar que desapareceu dos arquivos secretos do Vaticano.

— Então o último exemplar estava no Vaticano! Devia ter pensado nisso. De qualquer modo, isso já não faz nenhuma diferença, pois, segundo o senhor, ele também desapareceu. Mas — acrescentei depois de um instante de reflexão —, o senhor não está me dizendo que o manuscrito *Leonardo e l'Alchimia* tem uma relação com *O código Da Vinci*?

— Precisamente.

— Há tantos aspectos que não compreendo! Se as informações de Vasari sobre Leonardo da Vinci revelam elementos que a Congregação Cinza desejava manter em segredo, por que dar a Dan Brown a possibilidade de falar deles? Não seria algo arriscado?

— Um risco calculado, e que teve grande êxito. Muitas vezes uma ótima maneira de esconder uma informação é deixá-la o mais próximo possível da verdade. É por isso que há elementos importantes em *O código Da Vinci*; porque as falsas pistas acabam por revelar alguma coisa. O *código Da Vinci* lança um pouco de luz sobre a peça errada do xadrez. Mas a correta não está assim tão longe.

— Metaforicamente?

— Não só. Por exemplo, é bom ter em mente que Paris é a capital mundial da alquimia. Não foi por acaso que Dan Brown ambientou sua intriga aqui. De fato, a Grande Obra e a busca do Graal recobrem um só segredo, uma mesma capacidade de transmutação. Aliás, ele está inteiramente certo em relacionar a presença do Graal à *Rose Line*. A linha meridiana indica efetivamente uma das chaves em relação ao Graal. Dito isso, Brown não está sendo sério quando situa o Graal sob a pirâmide invertida do Louvre. Na realidade, o que há sob essa pirâmide é um estacionamento subterrâneo de três andares cuja construção todo mundo viu. François Mitterrand mandou instalar mirantes para que a multidão pudesse acompanhar a progressão dos trabalhos do Grand Louvre. E hoje os empregados do museu guardam seus carros nos espaços situados sob a pirâmide. Em contrapartida, sabe-se de fonte segura que indicações sobre o Graal estão situadas em um local ligado à *Rose Line*, o meridiano de Paris.

— Qual é a relação entre a conspiração Da Vinci e a alquimia?

— A Congregação Cinza sempre procurou erradicar a alquimia. Fez com que os alquimistas passassem por impostores, feiticeiros e falsos moedeiros. Entre os Passadores, muitos são adeptos da Grande Obra. Há séculos eles transmitem o segredo de pessoa a pessoa, eles "passam" o archote do conhecimento a todos aqueles que exprimem esse desejo e são dignos dele.

— Confesso ao senhor minha ignorância quase completa no domínio da alquimia.

— A alquimia é uma arte tão antiga quanto o mundo; é encontrada tanto na Índia como na China e no Ocidente. No próprio Ocidente existem várias tradições, sendo a mais antiga a tradição hermética que vem de Alexandria, ou seja, ela reúne ao mesmo tempo elementos gregos e elementos egípcios. Foi conhecida no Ocidente por intermédio dos sábios árabes, que divulgaram essa nobre arte até a Espanha. O fundamento da alquimia é a transmutação. Trata-se de transformar, de transmutar algo de natureza corruptível em algo de natureza incorruptível. E isso se faz em todos os níveis da criação. No reino mineral, há o exemplo conhecido de todos da transmutação metálica do chumbo em ouro, que muitos viam como um possível acesso à riqueza infinita.

— Mas não é esse o verdadeiro sentido da alquimia... Correto?

— É verdade, essa transmutação metálica não é mais que um exemplo da transmutação interior, mostrando que o ser que sofre a transmutação passa de um estado ordinário para um estado glorioso, incorruptível. Essa transmutação aponta igualmente para símbolos da união sexual que dá nascimento a um corpo novo — uma vida que não existia como tal nos dois pais de que se originou. Mas essa prática da sexualidade não é apenas simbólica, há um uso real da sexualidade como método de transmutação. Aliás, é a isso que *O código Da Vinci* faz referência, mas de uma maneira bastante prosaica. Essa tradição alquímica é onipresente no que se chama "tradição ocidental", ou seja, esse conjunto de ensinamentos esotéricos que percorreu o Ocidente paralelamente ao cristianismo — em oposição ao cristianismo mas, freqüentemente, ao abrigo de instituições cristãs. Vários papas, como o primeiro papa de Avignon ou como certos papas do Renascimento, eram fervorosos alquimistas ou hermetistas, como eram chamados na época numa referência ao corpo escritural atribuído a Thot ou Hermes Trismegisto, o deus greco-egípcio que supostamente deu essa ciência aos homens. No Ocidente, por encomenda de Cosimo de Médici, o fundador da academia neoplatônica de Florença, o *Corpus Hermeticum* foi traduzido antes mesmo do corpo das obras de Platão, que, no entanto, era tão central nas tradições secretas quanto na filosofia oficial.

— Por que os tratados de alquimia são incompreensíveis? Tentei ler um ou dois sem conseguir entender qualquer sentido estruturado. Só alguns aspecots aqui e ali pareciam inteligíveis.

— Porque a compreensão de um manuscrito de alquimia corresponde a um grau de transformação pessoal. O adepto deve decifrar incansavelmente até que o véu da ignorância seja levantado. "Para visitar os jardins da recordação", ensina-se, "é preciso bater à mesma porta até que os dedos fiquem entorpecidos".

— Portanto, segundo o senhor, o Graal realmente existe, e ele teria o mesmo sentido da Pedra Filosofal. Estou fascinado, achava que tudo isso não passava de lenda. Poderia falar-me mais a respeito? O senhor dá a impressão de conhecer tudo.

— Pode estar certo de que não sei nada. Sou exatamente como o senhor.

— Já que para o senhor o Graal não é Maria Madalena, como afirma Dan Brown, diga-me o que ele representa.

— O Graal simboliza, sob uma forma material, a infinita potencialidade da natureza humana. Por vários aspectos, ele está profundamente ligado ao processo alquímico.

Lucien deteve-se em sua marcha e virou-se para mim.

— Infelizmente, não posso mais dizer quase nada. É importante que o senhor descubra o resto dessa história por si mesmo.

Então ele me olhou de modo interrogativo e curioso.

— O senhor está interessado?

— Sim. Sem dúvida. Toda essa história é fascinante.

— Os adeptos têm por tradição deixar enigmas, mensagens codificadas, como indicações. Não estranhe se deparar com algumas dificuldades.

Lucien Sauval desapareceu de minha vida tão rapidamente quanto tinha surgido. Era um personagem tão enigmático quanto suas palavras e, no entanto, bem diferente da idéia que eu fazia de um alquimista.

Paris, 11 de junho

Lucien manteve a palavra: recebi esta manhã uma carta com a mesma letra ondulante. Embora mais curta que a primeira, seu conteúdo, em compensação, era bem mais obscuro:

O banqueiro italiano aproximando-se do Jordão,
Te dará a obra que te leva ao divino.
Com o Santo carregando a cabeça que ilumina teu
caminho,
Tu chegas ao Tesouro tão precioso para o Humano.

Levei um bom tempo virando o papel em todos os sentidos, indagando-me o que poderia entender de uma tal mensagem. Meu principal problema era simples: ao contrário dos dois heróis de *O código Da Vinci*, eu sempre fora uma negação na resolução de adivinhações e outras charadas; sozinho, não tinha absolutamente nenhuma chance. A própria idéia de atrelar-me a esse enigma me apavorava. Ao mesmo tempo, excitava-me a idéia de obter enfim algo de substancial, que me permitisse avançar. A idéia de que eu procurava o manuscrito para enriquecer minha tese com informações exclusivas tornava-se cada vez mais remota. Tinha a impressão de estar vivendo mais intensamente.

Depois de uma curta hesitação, decidi buscar o socorro de meu irmão. Há muito Hugo era fascinado por cifras e códigos; este era, aliás, um dos numerosos campos de interesse em que divergíamos um do outro. Mas sabia que ele me forneceria todo o apoio e a ajuda de que eu viesse a precisar.

Naquela mesma noite encontrei-me com Hugo num café, na praça da Sorbonne. Estávamos no terraço, em frente à universidade, sentados a uma mesa mais afastada, sob uma árvore. Ouvia-se o chiado da água de uma fonte não longe dali. Meu irmão estava como sempre: uma esplêndida figura para a qual as garotas lançavam olhares furtivos antes de voltarem a cochichar entre si. Não sei por quê, mas vê-lo assim me causava um sentimento de inveja dificilmente controlável. Hugo sempre ficou mais à vontade no trato com as pessoas do que eu e, pouco a pouco, cada qual fechou-se no seu papel: ele, o displicente sedutor; eu, o erudito meio retraído. Mas logo senti raiva de mim por alimentar tais sentimentos em relação a ele, uma personalidade atraente e generosa que não procurava em nada o sucesso com que a natureza o havia contemplado.

— O que vai beber, Seth?

— Um chá. Darjeeling, com uma rodela de limão.

— Chá?! Tem certeza de que não quer beber outra coisa?

— O que você vai beber?

— Não sei. Talvez uma caipirinha.

— Tem razão. Chá não é algo muito viril. Vou acompanhá-lo, também vou beber uma caipirinha.

Hugo me lançou um sorriso e sacudiu a cabeça; em seguida, falou com um garçom.

— Então, como vai? E sua pesquisa?

— Mais ou menos — respondi com um movimento da mão. — Na verdade, preciso de um favor seu.

— Pode contar comigo, Seth.

— Preciso resolver um enigma, mas por enquanto não compreendo nada a respeito dele.

Mostrei-lhe o texto de Lucien Sauval.

— Tudo bem — disse ele depois de ter lido. — Em primeiro lugar, qual é o contexto desta quadra?

— Esse é o primeiro problema, não sei muito bem. Imagino que seja um livro. Talvez o de Vasari sobre Leonardo da Vinci, que venho procurando sem sucesso desde a Itália...

— Por que acha isso?

— Uma palavra. Pergunto-me se "divino" no poema representa uma alusão a Leonardo. Ele era conhecido entre os seus contemporâneos sob o cognome de "divino Leonardo". Mais tarde, Michelangelo veio a ser chamado da mesma forma.

— Interessante — disse Hugo.

No entanto, algo em sua expressão revelava ceticismo.

Durante toda a noite tentamos encontrar associações de idéias possíveis para aquela estranha charada. Parecia pacífico que o começo da segunda linha, "Te dará a obra", permitia compreender a primeira linha, "O banqueiro italiano aproximando-se do Jordão". Muito provavelmente, esse banqueiro dava uma indicação quanto a localização do livro. Mas seria o de Vasari, como eu esperava, ou uma outra obra necessária à minha busca?

Paris, 14 de junho

Passei três dias confabulando em busca de uma indicação topográfica ou geográfica qualquer na primeira linha da quadra, "O banqueiro italiano aproximando-se do Jordão". Minhas pesquisas tinham-me trazido a Paris, e eu mal podia conceber que Lucien Sauval quisesse agora me enviar à Terra Santa, em busca do misterioso financista. Seria uma indicação sobre uma pessoa de nacionalidade italiana, mas residente em Paris; uma pessoa que poderia ter a obra? Considerei por um instante que podia tratar-se do cardeal Mazarin, que era italiano e famoso por suas trapalhadas financeiras. Mas eu já tinha seguido sem sucesso a pista que levava à sua biblioteca pessoal.

Desencorajado, percebi que provavelmente seguia uma pista falsa e que a obra que devia ser procurada no momento não era a de Vasari. Segundo Hugo, se a primeira linha não apontava para um lugar, ela devia certamente guardar o título ou o nome do autor. Depois de refletir, fiquei com a segunda hipótese. No entanto, deviam existir milhares de banqueiros italianos na época contemporânea; e ao longo da história só Deus podia saber quantos... Um deles teria publicado o que eu procurava tão às cegas? Como saber quem?

Todas essas indicações eram de fato muito vagas. Não, devia haver um elo entre sua profissão e nacionalidade que levasse a uma resposta precisa e útil. A tarde passou sem que eu tivesse chegado a qualquer conclusão.

Paris, 15 de junho

Folheando a *Grande Encyclopédie*, confortavelmente instalado no sofá da biblioteca, eu lia sobre a história das técnicas bancárias. Ao que parecia, tais técnicas tinham ganho um grande impulso na Itália. E mesmo se, entre as famílias de banqueiros, a dos Médici era a mais conhecida e talvez a mais talentosa, os mais numerosos e, de modo geral, mais poderosos eram os banqueiros milaneses.

Enquanto lia essas linhas, lembrei-me subitamente de que existia, no coração de Paris, uma Rue des Lombards, assim chamada porque na Idade Média ela abrigava o conjunto dos bancos da cidade. A maioria deles eram bancos de Milão, capital da Lombardia. Foi por isso que lombardo tornou-se sinônimo de banqueiro. Podia então considerar que a primeira linha devia ser lida como "O lombardo aproximando-se do Jordão"?

Enquanto tentava desvendar o restante do poema, Hugo continuava me ajudando. Sem as constantes discussões que tínhamos juntos, não creio que tivesse ido muito longe. Súbito, Hugo declarou:

— A propósito, Seth, eu sei a quem faz referência a terceira linha da quadra, "o Santo carregando a cabeça que ilumina teu caminho"; trata-se apenas de São Dênis: o primeiro santo cristão de Paris.

— Claro! Como não pensei nisso antes! Como soube?

— Simplesmente perguntei ao padre de Saint-Étienne-du-Mont.

— Ótimo!

Naquela mesma tarde fui a uma grande livraria para tentar encontrar uma obra que correspondesse a esses elementos. Na seção dos livros de história, uma bela e sorridente vendedora cuidou de mim. Não tinha ainda os seus 20 anos e chamava-se Nathalie (estava escrito em seu crachá). Seus cabelos castanhos, que usvaa bem curtos, caíam de maneira uniforme dos lados. Mas a impertinência dos seus sorrisos e seus grandes olhos em forma de bolas translúcidas desmentiam toda a seriedade que desejava aparentar. Expliquei-lhe que estudava história da arte em Florença. Em sua base de dados não havia "lombardo" vinculado a "Jordão". Em compensação, as indicações de "São Dênis" e de "lombardo" ofereciam um resultado: uma certa Anne Lombar-Jourdan tinha escrito dois livros sobre São Dênis. Imediatamente compreendi o sentido das duas primeiras linhas: "O banqueiro italiano aproximando-se do Jordão" significava Lombard-Jourdan: a palavra "Jordão" aproximava-se do sobrenome dessa historiadora, "Jourdan".

Com seu sorriso encantador, a vendedora disse-me que as duas obras, *Montjoie et saint Denis* e *Fleur de lis et oriflamme*, formavam um só corpo, uma sendo a continuação da outra. Comprei os dois livros, agradeci e fui embora sem haver tentado nada com ela e amaldiçoando minha desajeitada timidez com mulheres bonitas. Em meu lugar, tenho certeza de que Hugo teria conseguido o número de seu telefone. Devia pedir a ele conselhos nesse terreno, em vez de atraí-lo para resolver charadas.

A primeira parte do poema fazia, portanto, referência às duas obras de Anne Lombard-Jourdan, historiadora francesa que havia estudado a simbologia e suas transformações. Em casa, comecei a ler os livros, que se revelaram apaixonantes. Segundo a autora, a Basílica de Saint-Denis marcava o centro de gravidade espiritual da história da França. Estranhamente, a basílica estava sobre o meridiano de Paris, o que parecia fazer eco às palavras de Lucien Sauval sobre *O código Da Vinci* e o Graal.

Paris, 18 de junho

A tese de Anne Lombard-Jourdan era incrível. A historiadora situava o santuário central do paganismo gaulês ao norte de Paris, num local próximo à Basílica de Saint-Denis. Foi, aliás, para sufocar a obstinada resistência das tribos gaulesas que Júlio César visou principalmente a esse lugar, que ele descreve em seu famoso livro *De Bello Gallico* (As guerras gálicas):

"Todo ano, numa data fixa, os druidas reúnem-se em um local consagrado, na fronteira da região dos carnutos, que passa por ocupar o centro da Gália."

Júlio César procurou quebrar a resistência gaulesa atacando-a em seu núcleo. Uma maneira brutal mas eficaz de demonstrar que os antigos deuses celtas não se colocavam contra a presença romana. Para a historiadora, o lugar de reunião dos druidas não era outro senão a planície ao norte de Paris.

A pesquisa de Anne Lombard-Jourdan prosseguia através dos séculos. A cada aspecto, sob forma pagã ou cristianizada, confirmava-se a existência de uma força protetora da Gália. O grito "Montjoie!" lançado pelos guerreiros francos em caso de perigo tinha como objetivo preciso invocar a ajuda dessa divindade. A associação da dupla apelação "Montjoie e São Dênis" permitia invocar numa só exortação a antiga divindade protetora gaulesa e o novo protetor cristão do reino da França. O grito de alerta foi, ao longo de séculos, o pedido de ajuda dirigido a uma força sobrenatural em caso de perigo no território francês. Tradicionalmente, ele não podia ser empregado durante guerras civis ou conquistas externas.

Tais descobertas eram fascinantes; elas lançavam uma nova luz sobre uma parte da história da França e explicavam a importância da geografia sagrada de Paris. Se Lucien me enviara nessa direção, a história do Graal devia estar ligada de uma maneira ou de outra à da Basílica de Saint-Denis.

Resolvi dar um pulo em Saint-Denis no dia seguinte para verificar se as informações contidas nos livros da historiadora ofereciam elementos que me permitissem deduzir dali onde se achava o Graal.

Saint-Denis, 20 de junho

A uns quinze minutos de ônibus ao norte de Paris estendia-se a planície industrial de Saint-Denis. Os telhados e a agulha da basílica distinguiam-se nitidamente acima de um amontoado de construções sem encanto. Havia qualquer coisa de incongruente em contemplar a igreja que deu início ao advento do estilo gótico no meio daquela vizinhança. Bem menos conhecida pelos turistas estrangeiros do que a Notre-

Dame ou o Louvre, a Basílica de Saint-Denis era no entanto uma catedral extremamente impressionante. Na realidade, era certamente a igreja mais significativa que existe na região parisiense. Fundada provavelmente no século IV ou V, ela tornou-se o centro dos domínios da monarquia, o lugar onde se escrevia a história da França; todos os reis das dinastias carolíngias e capetianas, a começar por Pepino, o Breve, pai de Carlos Magno, lá foram enterrados. Ela abrigava os arquivos e o tesouro do reino. Vários de seus padres foram regentes enquanto os reis partiam nas cruzadas. Sobretudo, além do corpo dos reis mortos, ela conservava os ornamentos da coroação, indispensáveis à continuidade do poder: a coroa, o cetro e a espada sagrada de Carlos Magno, "Joyeuse".

A fachada da basílica estava enegrecida pela poluição. Transposto o portal, mergulhei na intensa luminosidade devido às imensas vidraças. No fundo da nave, um conjunto de momentos comemorativos servia de túmulo aos reis da França. Entrei na parte reservada da abadia. Naveguei no transepto entre as imóveis estátuas medievais e os grandes monumentos funerários do Renascimento. Quase todos os reis da França desde Dagoberto tinham sido enterrados lá. Em apenas um instante, acabei por vislumbrar uma escadinha com degraus irregulares que conduziam à cripta. Olhando à minha direita, pude ver através de uma pesada grade de ferro uma capela repleta de ataúdes. Bem no meio da cripta achava-se uma capela do século IX, construída de forma elementar sob o filho de Carlos Magno. Lá estavam diversas tumbas reais, inclusive a de Maria Antonieta.

Sentei-me sobre um fragmento de sarcófago num canto da cripta e refleti sobre aquela misteriosa força chamada Montjoie, que tinha representado uma forma de salvaguarda para a França, capaz de proteger o país nas situações aparentemente mais desesperadoras. Tudo teria relação com o Graal?

Mas, à medida que me exaltava por essa idéia de força protetora, algo me dizia que eu estava na pista errada. Saí da abadia e resolvi descansar num banco em frente à basílica. De acordo com Anne Lombard-Jourdan, a planície onde se erguia Saint-Denis representava o lugar central da França desde a noite dos tempos. Por mais fascinante que pudesse ser essa idéia de força sobrenatural protetora da França, eu não via a relação com o Graal, tal como me dissera Lucien Sauval. "O Graal simboliza, sob uma forma material, a infinita potencialidade da natureza humana. (...) Ele está (...) legado ao processo alquímico."

Eu não compreendia como as explicações históricas de Anne Lombard-Jourdan puderam estar relacionadas à Grande Obra. O processo de transmutação não coincidia com a idéia de força protetora; eram dois processos de *naturezas* diferentes. Claramente, eu estava mesmo na pista errada. Mas o que Lucien Sauval tentara me dizer ao apresentar-me esse enigma?

Saint-Denis, 22 de junho

Resolvi reler atentamente as duas obras mencionadas na mensagem de Lucien Sauval. Um dos capítulos evocava a presença sob a Basílica de Saint-Denis de um poço ou de uma fonte com virtudes mágicas. A lenda da Fonte da Juventude poderia ter correspondência com o Graal, que revelava "a infinita potencialidade do homem"? O processo de transmutação era comum aos dois casos, já que, segundo a lenda, a água dessa fonte tinha a capacidade de fazer com que um velho voltasse à idade de 30 anos! Eu tinha dificuldade em conceder algum crédito a tal história. Mas as próprias instruções alquímicas evocavam a preparação de um elixir da imortalidade, muitas vezes associada à Pedra Filosofal.

Era possível que a fonte que se encontrava na necrópole real fosse o Graal? Uma fonte de vida capaz de proporcionar a juventude eterna? Ainda que minha teoria parecesse improvável, ela merecia ser verificada. De todo modo, faltavam-me as idéias.

Lendo os folhetos históricos sobre a basílica, soube que na década de 1950 Jules Formigé havia iniciado escavações ali. A etapa preliminar consistia em consultar o relatório de escavações para verificar o local preciso da fonte, no caso de os arqueólogos a terem encontrado. Além disso, estes últimos tivessem talvez descoberto elementos importantes que poderiam me ajudar. No entanto, quando me dirigi à unidade arqueológica de Saint-Denis, soube que o relatório de escavações e os planos haviam desaparecido misteriosamente na década de 1960...

Um pouco mais tarde, abatido por esse novo desaparecimento, voltei para a casa de minha mãe. Três roubos sucessivos: eu tinha a desagradável impressão de que alguém fizera desaparecer de forma metódica os elementos que teriam permitido desvendar o mistério. Alguém que buscava cortar todos os fios que remontassem ao Graal. Como Hugo estava em casa, falei-lhe sobre minha decepção. Ele propôs imediatamente que fizéssemos uma expedição na Basílica de Saint-Denis para recuperar a água sagrada de virtudes transmutatórias. De um ponto de vista racional, quase nada fazia sentido. Entretanto, quem se recusaria, sobre bases sólidas, a verificar a existência da Fonte da Juventude?

No outro dia, no fim da tarde, Hugo e eu resolvemos explorar a Basílica de Saint-Denis nos escondendo no subterrâneo dos reis da França depois da última visita de turistas. Deslizamos pela sombra como dois fantasmas. Os reis estavam sepultados num recinto subterrâneo com forte apelo cerimonial no centro da basílica. Naquele local era pronunciada a célebre fórmula: "O rei morreu, viva o rei!" Os despojos ficavam no recinto cerimonial até a morte de seu sucessor. Hoje o recinto estava destinado a ficar eternamente vazio. Ele tinha a vantagem de estar num recanto que luz alguma alcançava. Apertamo-nos num canto mergulhado em sombra enquanto o vigia lançava um rápido olhar ao aposento.

Esperando, eu me deliciava com o prazer de estar ali com meu irmão, de compartilhar aquela aventura com ele, como quando éramos crianças. Nem que fosse apenas por aqueles momentos de cumplicidade com Hugo, creio que a busca do Graal valia a pena ser vivida.

Por volta da meia-noite acendemos nossas lanternas portáteis. A cripta ganhou um aspecto crepuscular e aterrador. Como quaisquer outros mortais, os reis não gostam de ser incomodados em seu último sono.

Esperamos ainda um longo momento, temendo uma última ronda do guarda. Após mais de uma hora de um silêncio total, abandonamos o esconderijo e começamos a exploração sistemática da cripta. Pela primeira vez depois de anos, vi no olhar de Hugo uma mistura de curiosidade e admiração por mim. Eu mesmo estava muito inquieto com o medo e a excitação que me invadiam. Durante meia hora examinamos com nossas lanternas os recantos sem, entretanto, encontrar qualquer pista.

— Ei, Indiana! — sussurrou Hugo.

— Sim?

— Será que não há uma armadilha por aqui? Será que não vamos ser esmagados pelas paredes ou atingidos por dardos envenenados?

— Fique frio. Tirando a maldição, não há nada a temer.

— Está brincando?

— Nunca ouviu falar da maldição contra todos os profanadores das tumbas reais?

— Isso era no Egito.

— Mas, Hugo, é uma maldição que diz respeito a todos os reis...

— Bem, não estamos profanando nada — disse ele, dando de ombros. — Estamos apenas procurando uma fonte. Algo bastante inocente, não acha?

— Espero que "eles" percebam a diferença...

— "Eles"? Você está começando a me assustar com suas histórias.

Em vez de responder, resolvi continuar brincando. Não disse nada. Logo depois, exclamei, zangado:

— Mas onde está essa droga de fonte? Montjoie, ajude-nos!

Dando um passo adiante, provoquei subitamente um estalido que nos assustou, e o eco ressoou longamente na cripta. Nossos olhares se cruzaram e estouramos de rir. Baixei os olhos: meus pés pisavam um disco de pedra mal-ajustado, que havia oscilado ligeiramente sob meu peso, provocando aquele barulho terrível.

A laje de pedra que recobria o poço estava justamente ao pé da tumba de Maria Antonieta. Sua vida tinha sido um sonho de verão brutalmente interrompido pelo raio. Recordava-me dos relatos sobre seu julgamento; ela fora acusada dos piores crimes, inclusive o de incesto com seu filho, o jovem delfim. Cheia de dignidade, tinha clamado a seu favor pelo julgamento de todas as mães da França. Em vão. Numa manhã de outubro sua cabeça rolou sobre a praça da Revolução.

Sob sua silenciosa proteção cumprimos a última etapa de nossa exploração. Tínhamos os instrumentos adequados: um pequeno pé-de-cabra e uma corda... Hugo inseriu a ferramenta na fenda que contornava a laje redonda e sussurrou, sorrindo:

— Dê-me um ponto de apoio e eu levantarei o mundo.

Em seguida, forçamos o pé-de-cabra para baixo e o pesado medalhão de pedra deslocou-se com um ruído seco. Hugo afastou-o para o lado e lançou a luz de sua lanterna no poço diante de nós. O fundo sequer estava úmido!

Paris, 24 de junho

De uma maneira ou de outra, eu me enganara em alguma coisa. Infelizmente, eu não conseguia elucidar o fim da quadra de Lucien Sauval, e, por conseqüência, uma parte importante do poema, talvez a mais importante, permanecia enigmática. Ignorava particularmente por que o "Tesouro" era "tão precioso para o Humano". Tentava imaginar solução entre as significações históricas e esotéricas da Basílica de Saint-Denis sem conseguir obter a menor das pistas. Tudo isso, ao mesmo tempo que me afastava do manuscrito de Vasari, não chegava a aproximar-me do Graal. Só havia uma solução: tentar entrar em contato com Lucien Sauval e pedir informações mais precisas. Resolvi voltar à livraria alquímica; afinal, por seu intermédio pude encontrar Lucien Sauval pela primeira vez. Eu sabia que os alquimistas — e suspeitava que Lucien fosse um deles — eram pessoas peculiares que viviam numa espécie de semiclandestinidade e, ao longo do tempo, mudavam muitas vezes de identidade...

Na Tábua de Esmeralda, Rue de la Huchette, o livreiro me acolheu com a mesma mistura de benevolência e reserva. Era claro que ele sabia que eu ia voltar. Baixou sua grande cabeça angulosa e arqueou as sobrancelhas com um ar irônico.

— Bom dia, gostaria de localizar novamente Lucien Sauval. O senhor nos colocou em contato uma primeira vez e gostaria de falar com ele...

— Sinto muito, mas ignoro completamente onde ele possa estar. Em compensação, parece que ele suspeitava que o senhor voltaria aqui, pois deixou uma carta para que lhe fosse entregue. Só um instante, vou pegá-la.

Dois minutos depois, o livreiro entregou-me um envelope com a mesma letra ondulante. Meio surpreso, agradeci ao bom homem por sua ajuda e saí rapidamente da loja.

A carta parecia pesar vários quilos no bolso do meu paletó. No entanto, andei na direção do Sena, distante algumas dezenas de metros. O rio parecia um escudo de prata em que se refletia um céu semeado de nuvens brancas. Instalei-me nos cais repletos de sol e abri a carta. Não havia ali mais do que uma estranha quadra:

Miguel Arcanjo pôs o dedo
Sobre o mistério, no número três.
Se contares como é devido
A vinte chegarás sem erro.

O jogo de pistas iniciático continuava, mas eu ainda não tinha sido capaz de resolver o primeiro enigma. Desta vez o código parecia ainda mais complicado; era inútil considerá-lo em todos os sentidos, eu não entendia nada. Só havia uma quase-certeza: a primeira linha da quadra fazia referência à figura de Michelangelo Buonarroti. Um pouco mais tarde, mostrei a meu irmão o poema e ele teve uma reação interessante: em sua opinião, a quadra deveria ser decifrada levando-se em conta uma determinada obra de arte. Depois de refletir, imaginei que Hugo, como de hábito, provavelmente estava certo. A escolha recaía entre Florença e Roma, as duas cidades onde Michelangelo exercera sua arte por mais de 60 anos. Finalmente, decidi-me por Roma, a cidade onde ele criara suas maiores obras-primas.

III

Roma

Roma, 29 de junho

A Cidade Eterna e suas sete colinas sagradas abriam-se mais uma vez aos meus olhos. Desde minha chegada a Florença, um ano antes, visitara Roma várias vezes, como se freqüenta uma amante de beleza incomparável. De carro, pela autoestrada, o trajeto não exigia mais que duas horas e meia. Saindo muito cedo de Florença, evitando os terríveis engarrafamentos da capital, era possível fazer o desjejum na *piazza* Navona, degustando-se um desses estranhos bolinhos italianos. Naquela manhã luminosa de fim de junho, sentei-me no terraço de um café em frente à fonte projetada por Bernini, encimada por seu obelisco em miniatura.

Terminado meu *cappuccino*, lancei-me à tarefa de resolver o enigma deixado por Lucien Sauval. A quadra codificada continha uma clara referência a Michelangelo. O grande artista florentino morou várias vezes na Cidade Eterna, trabalhando sucessivamente para os papas Júlio II, Clemente VII, Paulo III e Paulo IV. Artista perfeito, ele deixou uma quantidade impressionante de pinturas, esculturas e obras de arquitetura, o que complicava singularmente minha tarefa, pois quase não sabia por onde começar. Depois de refletir um instante, julguei que a única maneira séria de proceder consistia em visitar todas as obras pictóricas de Michelangelo com o poema na mão. Segundo o meu raciocínio, era nas paisagens, nas pinturas e nos afrescos que eu tinha mais chance de encontrar alguma coisa significativa, sempre tentando decifrar a obra à luz da quadra e inversamente, esperando que isso desse algum resultado. A verdade é que eu aplicava uma abordagem de criptoanálise bastante clássica tentando descobrir a chave de um código.

O misterioso poema não devia fazer referência às obras arquitetônicas de Michelangelo, como a praça do Capitólio ou o palácio Farnese. Um alinhamento de colunas e de janelas parece menos propício a conter uma mensagem do que cenas pictóricas ou escultóricas representando pessoas, atitudes, momentos históricos identificáveis... Ainda assim, fiquei em dúvida no caso do Capitólio. Fui até lá para verificar se o maravilhoso pavimento em mosaico de mármore representando um encabrestamento de círculos e de estrelas não encobria símbolos alquímicos. Visitei o Moisés, mas, em sua majestosa presença, ele parecia feito de uma só peça, e eu não via como subdividi-lo nem por três nem por 20.

Como bom estudante de arte, e para obedecer a um dos preceitos do meu professor de Harvard, tinha deixado o melhor para o fim: a Capela Sistina e a Cidade do Vaticano.

Roma, 1º de julho

A Capela Sistina parecia um navio superlotado. Todo dia milhares de estrangeiros chegavam dos quatro cantos do mundo para apreciar a obra-prima de Michelangelo. Apesar do barulho e da ausência de privacidade, a capela exalava uma atmosfera grave e solene. Ninguém consegue penetrar no âmago da criação de Michelangelo sem experimentar uma certa vertigem. Entretanto, não era sua decoração nem as múltiplas histórias que corriam em torno de seu acabamento o que me deixava emocionado. Sentia-me tocado no mais profundo do meu ser pelo equilíbrio e pela singularidade, a beleza e a expressividade de uma obra cuja significação eu mal conseguia alcançar.

Examinei longamente o mais célebre teto da humanidade, buscando um sentido oculto, uma chave que desvendaria a quadra enigmática. O afresco representava cenas do Gênese. Deitado de costas durante quatro anos sobre um andaime, Michelangelo desenhara sucessivamente *A Criação dos Astros, A Criação de Adão, O Pecado Original* e *O Dilúvio Universal.* As imagens principais eram sublinhadas nos cantos por homens nus de porte atlético, os *ignudi*; tendo a seus pés, sobre a parte curva da abóbada, as monumentais figuras dos profetas hebreus e das sibilas, andróginas pagãs.

Depois de passar várias horas tentando decodificar a quadra, desisti. Apesar da intensa beleza dessa obra, não chegava a ver por que seria preciso contar até três ou 20. Eu rabiscava esquemas da abóbada em minha agenda, procurando descobrir seqüências significativas de imagens douradas ou de séries de Fibonacci, mas essas tentativas não pareciam me levar a parte alguma. Nada daquilo tinha sentido, e se houvesse algum, coisa de que duvidava cada vez mais, não conseguia desvendá-lo.

Com o fechamento da capela, voltei para o convento onde tinha ficado durante minha temporada romana. Minha amargura era grande, mas eu me consolava dizendo que pelo menos tinha perseguido aquela aventura até o fim de meus esforços (singularmente pequenos, se tivesse de levar em conta o resultado alcançado). Naquela noite jantei sozinho num restaurante do Trastevere, ocasião em que me ocorreu uma idéia: visitei todas as obras romanas de Michelangelo julgando encontrar um sentido para a quadra secreta e não me lembrara da Capela Paulina!

Se existia uma intenção de ocultar um segredo em relação ao artista florentino, esse era o local mais indicado. A Capela Paulina era a última obra pictórica de Michelangelo, então com quase 80 anos de idade. Podia-se legitimamente supor que ela representava seu testamento, o lugar onde ele escondera suas últimas instruções. A obra encontrava-se no interior da parte habitada do Vaticano e era quase impossível visitá-la. Ninguém, além do papa ou dos altos dignitários eclesiásticos membros da administração vaticana, vira alguma vez os últimos afrescos de Michelangelo.

Roma, 2 de julho

Eu sempre tive o desejo de visitar a Capela Paulina, mas diante das dificuldades quase insuperáveis que isso representava em tempos normais, desisti da idéia. Mas naquela tarde ia tentar obter uma autorização, ainda que não tivesse a perspectiva de uma resposta antes de muitos dias. O calor abatera-se sobre a cidade, levando habitantes e turistas a esforços permanentes para deslocar-se o menos possível. Apesar da alta temperatura, e sobretudo a forte umidade, estava contente por retomar a busca do Graal.

A entrada nova em folha dos museus do Vaticano, criada para o Jubileu do ano 2000, parecia com uma espécie de imenso átrio de aço, mármore e vidro. Transpostas as vastas portas, a luz ofuscante do exterior incomodava de maneira brutal e quase inquietante. Eu me aproximei de um discreto guichê, a um canto, onde estava instalada uma moça sem graça e de expressão severa.

— Bom dia, é possível visitar a Capela Paulina?

— Não, sinto muito.

Eu não desistiria tão facilmente. Mostrei minha carteira de estudante de arte na Villa I Tatti (papéis oficiais dão sempre uma impressão de autoridade nos países latinos) e insisti polidamente para ver a pessoa junto à qual pudesse solicitar minha admissão à Capela Paulina. Ela fez uma careta, mas indicou-me uma sala não muito longe dali. Um momento depois bati à porta. No centro de um escritório muito sóbrio estava um homem de seus 50 anos, magro e parcialmente calvo. O funcionário da administração vaticana fez sinal para que me sentassse numa cadeira de vime.

— Deve compreender, senhor, que o acesso à capela é inteiramente regulamentado. Ela se encontra próximo aos aposentos do papa e não podemos correr o risco de incomodar Sua Santidade. Mas, às vezes, fazemos exceções.

— Compreendo inteiramente suas razões. Na verdade, sou um pesquisador da Universidade de Harvard em residência por um ano em Florença, e gostaria de visitar a capela por conta de minha tese.

— O senhor poderia consultar sem dificuldade reproduções da Capela Paulina na biblioteca.

— Sim, mas, além do fato de que quase não tenho tido tempo para ir às bibliotecas, a fotografia, como o senhor sabe, nunca oferece uma impressão correta da obra representada.

— Vou ver o que posso fazer pelo senhor. Preciso falar com meus superiores, embora acredite que eles não irão dar a autorização. O senhor não teria como conseguir uma recomendação de uma pessoa em particular?

Naquele momento meu espírito quase desfaleceu. Eu não sabia o que responder a tal questão. Não conhecia ninguém no seio da hierarquia eclesiástica capaz de abrir-me as portas do Vaticano. Por um instante, pensei em mencionar o nome de meu orientador de tese, que então morava em Massachusetts, mas afastei essa idéia. Afinal, se eu estava lá, era por causa de um homem misterioso que me guiara nos desvios da história da França e da geografia romana.

— Sim, Lucien Sauval.

O funcionário telefonou longamente em italiano para o seu responsável e em seguida desligou.

— Vão ligar de volta dentro de poucos minutos para me dar a resposta.

— Perfeito.

E, efetivamente, dez minutos depois, o velho telefone tocou. O homem atendeu, desligando logo em seguida. Seu rosto não tinha qualquer expressão. Pousou em mim duas pálpebras fatigadas.

— O senhor está com muita sorte, sr. Thévenot. Sua solicitação foi aceita. Excepcionalmente, poderá ver a capela hoje mesmo.

— Excelente! Que boa notícia!

— Queira aguardar um instante na cafeteria. Virão buscá-lo quando tudo estiver pronto. Precisamos de algum tempo para organizar as condições necessárias à abertura da capela.

Eu já estava havia cerca de meia hora na cafeteria, que dava para os jardins do Vaticano, quando um homem fardado com as chaves de São Pedro penduradas do pescoço veio ao meu encontro. Seu rosto exibia uma gravidade solene que contrastava com a simplicidade de seus traços, suas orelhas de abano e seu nariz visivelmente resfriado. Depois de me fazer um sinal para que o seguisse, ele abriu caminho entre a onda de turistas com a mesma autoridade com que Moisés cruzou o Mar Vermelho. Docilmente, segui o movimento daquele personagem de conto de fadas. Ele percorreu várias galerias a contracorrente e atravessou as barreiras que normalmente impedem os turistas de circular fora do itinerário autorizado. Enquanto meu guia avançava majestosamente pela galeria das cartas geográficas, contemplei as antigas possessões da Igreja. Depois de uma longa caminhada, chegamos por fim à Capela Sistina, por uma escada secreta. A grande porta, proibida aos turistas, marcava o limite da parte do palácio reservada ao soberano pontífice. Transposta, cruzamos em diagonal a Sala Regia. Em sua extremidade, um guarda suíço com farda de listras azuis e douradas nos esperava estoicamente. Meu guia cumprimentou-me com um pequeno movimento de sua estranha cabeça e deixou o aposento. O guarda suíço, que segurava uma enorme chave, dirigiu-se ao fundo da Sala Regia e girou-a num dos batentes. A porta se abriu para a mais guardada obra-prima de Michelangelo, aquela que nenhum visitante de Roma jamais vê: a Capela Paulina.

— O senhor tem uma hora até o fechamento do museu — disse com voz grave o guarda suíço, com forte sotaque alemão. — Virei então buscá-lo.

Foi com o coração repleto de emoção e expectativa que entrei no recinto, enquanto o guarda fechava a porta à chave com um ruído de velhas fechaduras.

Mergulhado na semipenumbra, precisei de algum tempo para que meus olhos começassem a discernir a arquitetura da capela, que à primeira vista pareceu-me de um maneirismo grandioso, embora um pouco frio. Gigantescas pilastras de mármore amarelo, encimadas por capitéis de bronze cinzelados, enquadravam os dois imensos afrescos de Michelangelo: a *Crucificação de Pedro* e *Paulo no Caminho de Damasco*. Michelangelo identificara-se com a situação de São Paulo, a quem emprestou seus próprios traços. Eu mesmo me sentia próximo do estado deste último: cego e incapaz de encontrar minha direção. Comecei a examinar essas duas obras, comparando os desenhos sobre os afrescos com a quadra do alquimista.

Eu procurava uma mensagem oculta, uma chave. Examinei um instante as proporções das diferentes partes, mas nenhuma parecia corresponder às cifras da quadra. Sentei-me num banco da capela e obriguei-me a refletir sobre a chave daquele mistério. Assim, sem me dar conta, perdia pouco a pouco a sensação do contato com o ambiente exterior, quando bruscamente um pequeno ruído causou-me um sobressalto. Do lado do altar da capela, uma pequena porta acabava de abrir-se com um leve rangido, deixando aparecer um prelado de seus 60 anos de idade, com ar simpático e alerta. O eclesiástico era de altura mediana, de silhueta delgada e rosto anguloso. Estava vestido de preto, com uma faixa vermelha na cintura indicando sua condição de *monsignore*. Observei que ele trazia na cabeça o sinal escarlate da dignidade cardinalícia. O homem avançou sorrindo em minha direção e dirigiu-me a palavra num francês perfeito:

— Boa tarde, meu filho, estou feliz por finalmente encontrá-lo.

— Eminência, não creio ter a honra de conhecê-lo — respondi, meio admirado.

— Sou Carlo Di San Giovanni. Temos um amigo comum em Paris. Um alquimista.

— Conhece Lucien Sauval?

— É um de meus velhos amigos.

— Foi ele quem o avisou de minha visita? Como ele pôde saber que eu viria ao Vaticano hoje e que tentaria obter uma autorização para entrar nesta capela?

— Fez bem em desejar conhecer a Capela Paulina, é uma obra magnífica de Michelangelo, sua última. Uma obra que nenhum turista pode ver. Ouvindo o nome de meu amigo Lucien, soube que o senhor estaria aqui da parte dele e assim aproveitei a oportunidade para encontrá-lo de maneira mais discreta. De fato, o que há para ser compreendido sobre Michelangelo no Vaticano não está nesta capela secreta, mas na Capela Sistina, à disposição de todo mundo. Como o senhor sabe, Jesus Cristo disse: "Eles têm olhos e não vêem." Muito bem, o senhor também experimentou essa maldição de ver sem compreender. Infelizmente, a maioria das pessoas nem tenta buscar. Talvez, se o senhor quiser, podemos tentar compreender juntos...

Ao pronunciar essas palavras, ele se aproximou da porta principal da capela e deu duas batidas breves. Ouviu-se uma chave girar na enorme fechadura e a porta gemeu sobre os seus gonzos. O prelado atravessou a Sala Regia e dirigiu-se a uma outra porta. Sem pressa, como se tivéssemos toda a eternidade diante de nós, entramos no vasto recinto.

A Capela Sistina repousava num silêncio inabitual e perturbador. Apesar de os últimos turistas já terem ido embora, as luminárias continuavam a lançar uma luz peneirada sobre os afrescos. Figuras pintadas havia cerca de cinco séculos nos observavam. Os olhares minerais e fantásticos exerciam sobre nossas pequenas silhuetas um encanto envolvente. Eu esperava que o cardeal Di San Giovanni dissesse alguma coisa, quebrasse o pesado silêncio, mas ele conservava os lábios inexoravelmente fechados. Esperamos um longo momento. Em vez de responder às minhas preces, ele se plantou no centro da capela, abaixo da *Criação de Adão*; parecia perdido num sonho longínquo. Sem saber por que ele se trancava daquele modo, nos recessos de sua alma, fiquei profundamente emocionado. Não sei se o eclesiástico percebeu a empatia que me invadia ou apenas se deu conta de que, agindo daquela maneira, se revelava diante de mim. Alguns instantes depois ele falou, enfim, com uma voz que me surpreendera no começo pelos acentos a um só tempo suaves e precisos que o animavam.

— Aqui estamos nós dois no mais belo templo da criação humana. No coração dessa obra jaz o Grande Segredo que assombra a humanidade desde o começo dos tempos. O senhor está preparado para entender isso?

— Sim — respondi sem hesitação. — Estou.

— Assim seja, então.

Por um instante, o cardeal pareceu retomar a respiração, depois fez um longo movimento circular com o braço.

— Esta capela é a mais sutil mensagem codificada jamais concebida pela mão do homem. Uma mensagem de amor e de esperança destinada a ressoar através dos séculos...

Ele fez uma longa pausa, como se a emoção que tomava conta dele o impedisse de prosseguir em sua revelação.

— Michelangelo não pintou apenas uma obra sublime; na verdade, ele proclamou de maneira grandiosa o verdadeiro destino da humanidade. De toda a eternidade, o homem aspira tornar-se divino. Durante toda a vida, Michelangelo buscou exprimir a divindade que reside no coração de cada ser humano. Sua obra ganha plena significação nesse contexto infelizmente ignorado pela maioria das pessoas. Nunca antes um homem empreendeu obra tão monumental com um propósito determinado.

O prelado deteve-se alguns segundos como para dar-me tempo de me impregnar totalmente com o sentido de suas palavras.

— Olhe a mais famosa das cenas da Capela Sistina. O que designamos como a *Criação de Adão* representa na realidade toda uma outra mensagem. Aqui Michelangelo exprimiu *a profunda igualdade do homem e de Deus*.

— Não entendi muito bem, monsenhor.

— Compreendo seu espanto, meu jovem amigo. É inteiramente legítimo e compreensível, sobretudo quando tais palavras saem da boca de um cardeal. Olhe mais uma vez a cena, não está vendo? Observe os dedos que se toca de maneira tão graciosa: eles simbolizam a identidade de natureza entre o homem e Deus.

— Um espelho no qual o absoluto reflete a si mesmo...

— Exato, meu caro Seth, é isso mesmo.

Parecia-me que um véu fino e opaco começava lentamente a se rasgar, que o meu espírito se abria para uma visão mais vasta, mais humana da realidade.

— O homem e Deus são apenas um, desde o começo dos tempos. Nunca houve dualidade de natureza entre eles. Os dedos de um e de outro tocam-se *mutuamente*. O homem em essência é divinizável. Toda a Capela Sistina deve ser interpretada à luz dessa mensagem eterna. Está vendo o compartimento de *Adão e Eva*? Veja como Michelangelo representou a cena; não há Deus, só há Adão e Eva dos dois lados, passando do conhecimento para o não-conhecimento; Adão e Eva, que alternavam do caráter divino para o não-divino...

— É incrível — murmurei — como isso se torna evidente depois de explicado.

Até aquele dia, eu mantivera um olhar meramente acadêmico sobre a arte. Tinha visto as obras de Michelangelo dezenas de vezes, mas só então começava a perceber o projeto daquele grande artista.

— Nunca houve um Paraíso fora de nós; Adão e Eva não passam de uma alegoria. Lembre-se do Gênese: "Eles comeram o fruto da árvore do conhecimento do bem e do mal." Pois o caráter divino está além das categorias, além do bem e do mal... Considerando *O Pecado Original*, o maior erro seria imaginar que esse episódio se desenrolou num passado longínquo e mítico; uma falta cometida outrora que devemos continuar a carregar pela eternidade. Na realidade, caro Seth, essa cena intervém neste momento mesmo. Nós mordemos a cada instante o fruto da dualidade...

— Começo a compreender. Michelangelo pintou uma maravilhosa alegoria de nossa condição e de nosso destino...

O poema do alquimista ganhava assim todo o seu sentido:

Miguel Arcanjo pôs o dedo
Sobre o mistério, no número três.
Se contares como é devido,
A vinte chegarás sem erro.

O terceiro número era com toda certeza o terceiro painel da abóbada, a cena da igualdade do Homem e de Deus, o Grande Segredo da humanidade, aquele que enfim libertaria os homens.

— Não peguei muito bem qual o sentido da referência ao número 20, monsenhor... Imagino que indique os 20 *ignudi* pintados por Michelangelo. Mas o que eles significavam exatamente?

— Olhe para elas, meu caro Seth, observe essas figuras eminentemente humanas sentadas sobre seu pedestal. Repare na nobreza de seu corpo e de suas atitudes. São a multidão de homens esperando o cumprimento do seu destino, esperando a manifestação do divino. Quanto à sua juventude, ela simboliza o frescor eterno desse aspecto divino que reside em cada um de nós.

— É verdade que a presença desses homens nus nunca foi elucidada, sobretudo numa capela católica...

— Se, em geral, a mensagem de Michelangelo foi sempre transmitida sem fugir aos cânones da época, esse grande artista gostava às vezes de correr alguns riscos...

— Aliás, se estou bem lembrado, esses *ignudi* provocaram escândalo na época, não foi?

— Muitos acreditaram, e acreditam ainda, que Michelangelo havia representado suas próprias paixões no teto da Capela

Sistina. Que erro! Michelangelo evocava a humanidade aguardando seu destino.

— E dizer que *O código Da Vinci* consagrava o papel de Maria Madalena como esposa de Jesus!

— Essa obra revela o divino feminino para dissimular melhor o divino humano. Na verdade, uma bela astúcia.

— Começo a entender o alcance das palavras de Lucien Sauval...

— Você sabe, o feminino nunca foi realmente suprimido pela Igreja, pelo menos não em sua função simbólica. A Virgem representava o arquétipo feminino da Mãe universal, mas, devido à sua natureza virginal, era despida de polaridade erótica. Esse papel fundamental foi atribuído a Maria Madalena. Foi ela, com sua cabeleira dourada e seus vestidos vermelhos, como é vista nos quadros da Idade Média, quem representou o aspecto erótico do feminino. E os Evangelhos fazem dela também a testemunha privilegiada da Ressurreição. Se, no domínio do imaginário simbólico, o papel do feminino ficou muito forte, na esfera do poder, em compensação, as coisas foram muito diferentes. O machismo do clero, talvez apenas no Ocidente, relegou a mulher a um papel inteiramente subalterno.

— Então *O código Da Vinci* não está errado nesse ponto.

— Com efeito, não. Mas para dissimular a verdade você se torna, de uma certa maneira, obrigado a revelar algumas verdades...

Ele pareceu hesitar um segundo, depois continuou com a mesma voz suave, impregnada de emoção:

— O outro aspecto que o cristianismo fez desaparecer, devido ao fato de a Virgem ser justamente a mãe do Cristo, está nos processos de transformação espirituais ligados à união dos sexos. Processos que são sempre conservados no seio da alquimia. Sobre isso, meu velho amigo Sauval está mais em condições de lhe falar.

— Por que esse segredo ficou tanto tempo escondido?

— Se o destino da humanidade é ser divinizada, então isso significa a ruptura de todas as hierarquias, sejam elas clericais ou políticas. Toda a estrutura do poder calcada em sua origem sobre o Império Romano desmoronaria progressivamente. Você é capaz de imaginar o impacto que isso teria? Seria o fim de todas as injunções religiosas, o fim da aliança do Trono e do Altar. Todos somos Deus em essência; do rei ao mendigo, do monge ao descrente, todos, sem exceção.

— A igualdade é, portanto, fundamental entre os homens, e essa igualdade ameaça a posição de alguns...

— Sim.

— É disso que essa famosa Congregação tem medo?

— Compreendo que o desvelamento de tal segredo, que revela a incomparável e igual dignidade de cada humano, mesmo o mais humilde, dá origem a um verdadeiro sentimento de instabilidade e desmoronamento de todos os poderes. Quem desejaria ainda obedecer a líderes autoproclamados, sejam eles políticos ou religiosos? Compreendo que alguns se sintam apavorados ou ameaçados por essa perspectiva.

— Você tem razão. Eles têm medo de que se ponha abaixo o edifício da Religião e do Poder, só isso. Veja, todo poder está baseado numa idéia de hierarquia. O Grande Segredo os apavora porque *estilhaça completamente a própria noção de hierarquia entre os homens*.

— O que o Graal representa, então, em tudo isso?

— Na verdade, jovem amigo, o Graal guarda em dois aspectos: um material e um místico. Seu caráter místico é a revelação de que todos os humanos são por natureza divinizáveis. Uma mensagem que numerosos artistas, em particular durante o Renascimento, buscaram exprimir. O Graal material é a substância concreta que permite a atualização da divinização para todos os indivíduos. Devo precisar que o Graal material não confere nada como tal, ele somente *manifesta* a potencialidade plena dos seres humanos. Veja, se os homens são Deus em essência, eles estão a maior parte do tempo encerrados numa confusão terrível e destrutiva.

— O fruto do conhecimento...

— Sim, nós experimentamos permanentemente o fruto da dualidade.

— Há algum meio de reencontrar essa divindade perdida em nós?

— Na realidade, nosso estado divino nunca esteve muito longe de nós. Desde a aurora dos tempos, ele aspira reencontrar o lugar que nunca perdeu.

— Portanto, basta que olhemos à nossa volta...

— Sim, certamente. Você tem razão. Do ponto de vista da manifestação, precisamos percorrer um longo caminho para reencontrar nossa verdadeira natureza. É um trabalho de ascese muito exigente que parece bem difícil para a maioria das pessoas. Todavia, o Graal universal é a mensagem de que todo mundo possui essa natureza divina. Ao mesmo tempo, nós nos esforçamos por tornar disponível o Graal material a fim de que o maior número possível de pessoas possa concretamente alcançar a felicidade absoluta. Veja, é importante distinguir duas coisas: a Salvação e a Realização. A Realização corresponde a uma transmutação completa do indivíduo, da mesma natureza que aquela realizada por Cristo. A Salvação corresponde a uma transmutação que se serve de uma substância material como suporte. O objetivo dos Passantes é ao mesmo tempo dar a conhecer o Graal místico e ofertar o Graal material aos homens.

— O que representa o Graal material nessas condições?

— Uma substância material, como eu disse, e o método para empregá-la: uma espécie de alquimia universal, acessível a todos, ou, em todo caso, ao maior número de pessoas possível.

O cardeal Di San Giovanni parou subitamente de falar. Fez sinal para que eu o seguisse e dirigiu-se a uma porta por trás da tribuna dos cantores da Sistina. Um estreito corredor cujas seteiras permitiam escapadas furtivas para os pátios do palácio medieval conduziu-nos a uma escada pela qual ganhamos o segundo andar.

Andando lentamente, o cardeal retomou a palavra:

— Como você sabe, o Renascimento significou uma redescoberta do *corpus* filosófico da Antiguidade. Foi um período fabuloso, rico de todas as possibilidades. Mas poucas pessoas conhecem sua verdadeira origem. Para isso, é preciso remontar a alguns séculos no tempo...

Depois de ter reajustado as mangas de sua casula, o cardeal limpou um instante a garganta antes de prosseguir:

— Em Florença, durante a última década do século XV, um grupo de artistas decidiu criar uma nova forma de expressão, uma nova maneira de ver e de executar a arte. Entre eles estavam os maiores artistas: Leonardo da Vinci, Rafael e Michelangelo Buonarroti. O que pretendiam era revolucionário, tratava-se de repor o homem no centro do universo.

— O mais famoso período da arte começou assim?

— Os protagonistas daquilo que às vezes foi chamado de o "Círculo de Florença" compartilhavam todos os mesmos valores tirados da filosofia neoplatônica; cada qual a seu modo lançou-se a exprimir a divindade do homem. Você conhece a obra realizada por Michelangelo. Leonardo da Vinci tentou várias vezes fazer a mesma coisa em sua arte: um dos exemplos mais famosos é certamente *O Homem Vitruviano*, figura da perfeição humana, simbolizada pelo círculo no qual ele está inscrito.

— Mas Dan Brown fala justamente disso em *O código Da Vinci*!

— E mais uma vez sem revelar a verdadeira significação desse desenho. *O código Da Vinci*, como você agora já sabe, é um meio de encobrir o Grande Segredo sob um amontoado de pseudo-revelações.

Através de uma pequena capela barroca e uma outra sala muito sombria para que eu pudesse identificar os afrescos que a ornavam, penetramos num aposento que reconheci imediatamente por já tê-lo visitado em uma de minhas várias passagens por Roma: a câmara da Assinatura, uma das *Stanze di Raffaello*. Originalmente tinha sido concebida como o gabinete de trabalho e a biblioteca de Júlio II, o papa conquistador que atraíra tantos artistas a Roma. De um lado estava representada *A Escola de Atenas*, essa mítica assembléia de todos os espíritos filosóficos reunida em torno de Aristóteles e de Platão, e, do outro lado, *A Verdade Revelada*, com a figura central de Cristo circundada por doutores, santos e teólogos. Depois de me dar certo tempo para que eu entrasse na atmosfera da obra de Rafael, o cardeal prosseguiu a incrível história de sua criação:

— Esta obra é de certa maneira o "manifesto" das idéias neoplatônicas segundo Rafael. Você sabe, imagino, que o neoplatonismo, que representa a mística da Antiguidade, tinha certo parentesco com a alquimia. Isso é particularmente claro na obra de Jâmblico, um dos mais importantes filósofos neoplatônicos. Não é sem razão que Cosimo de Médici fez traduzir o *Corpus Hermeticum* antes mesmo da obra de Platão. Aqui, na câmara da Assinatura, a Poesia é promovida à categoria dos poderes superiores do espírito, e a Justiça passa a ocupar, como queria Platão, o cume da hierarquia moral. O tema dominante do ciclo é a exaltação da idéia do Verdadeiro, do Bem e do Belo. O Verdadeiro sob seus dois aspectos de verdade revelada e de verdade racional na Filosofia. O Bem nas Virtudes e no Direito. O Belo representado pela Poesia. Não se tem a impressão de que esta peça exprime a estrutura profunda do Cosmo?

— Esta peça me lembra as configurações das mandalas existente nas religiões asiáticas.

— Com razão, a Ásia nos deu uma palavra para isso, mas o princípio mesmo sempre nos foi familiar. Lembre-se, por exemplo, das Rosas de luz ou dos labirintos de nossas catedrais. Já viu expressões semelhantes nos magníficos arabescos da arte muçulmana?

O eclesiástico girou sobre si mesmo como para observar com um único olhar o conjunto da visão de Rafael.

— Os personagens que decoram as paredes não representam imagens abstratas, mas homens ilustres e personagens históricos do século XVI que, ao ganhar um valor alegórico, são individualizados com cuidado em sua fisionomia e em sua atitude. Através disso, Rafael procura nos conscientizar do valor infinito de cada indivíduo; os grandes personagens do Renascimento são aqui nossos próprios representantes. Pelo exemplo deles, Rafael nos mostra a que altura divina a alma humana pode pretender quando suas potencialidades começam a se expandir. Esses artistas eram chamados o divino Rafael, o divino Leonardo, *il divo Michelangelo*... O fervor popular não se enganou quanto a isso!

À medida que ele falava, eu percebia melhor a doçura e a amabilidade que se desprendiam de seus traços. Talvez eu não tivesse notado esses aspectos no início, pois estava muito impressionado pela presteza e dignidade do personagem. Com um vasto gesto da mão, o cardeal varreu a cúpula.

— Observe agora estas quatro pequenas cenas sobre a abóbada — prosseguiu ele. — Elas exprimem a correspondência com os quatro Elementos, casando a Justiça com a Terra; a Filosofia, com a Água; a Poesia, com o Ar e, enfim, a Teologia com o Fogo. Tais correspondências exprimem um ponto fundamental: o processo de transmutação provoca uma transformação do humano em seu corpo e em seu espírito para uma entidade de natureza divina. Cada uma das forças materiais que compõem nosso corpo e nosso universo é sublimada em uma das Virtudes que formam a Sabedoria...

Em seguida meu mentor deu outra volta em torno de si mesmo; estava agora diante do afresco *A Escola de Atenas*, e fez sinal para que eu me aproximasse.

— Veja como Platão levanta o dedo para o céu. A essência da doutrina dos filósofos está totalmente contida em seu gesto segundo um procedimento típico de Rafael, que conseguia concretizar as idéias mais elaboradas pelos gestos mais simples.

Essa sucessão de imagens e de símbolos evocava a idéia de harmonia como eu jamais a percebera antes. Notei, por exemplo, que todos esses filósofos se conservavam num mesmo plano imaginário, um plano de igualdade. A linha de suas cabeças desenhava uma espécie de fio horizontal que atravessava o conjunto do quadro com o dedo de Platão no centro, apontado para o espaço aberto.

— Embora o Vaticano abrigue bustos muito semelhantes de Platão — acrescentou ele em voz baixa —, Rafael insistiu em representá-lo com os traços de Leonardo da Vinci. Queria com isso homenagear o lugar predominante que Leonardo tinha ocupado entre os Passadores de sua época.

O cardeal parecia levado pela onda de suas reflexões, tal como um viajante percorrendo regiões profundas de seu ser. Ele não buscava ocultar sua emoção, e vi nisso um sinal suplementar da sinceridade de sua alma.

— À extrema esquerda — retomou ele finalmente —, não está reconhecendo Ptolomeu com as duas esferas, celeste e terrestre, representando as ciências herméticas ligadas à transmutação? Você entrou em contato com meu amigo Sauval através de uma pequena livraria parisiense, mas sabe o que significa "Tábua de Esmeralda"? Trata-se de um texto alquímico que faz parte do *Corpus Hermeticum*. Ele declara: "O que está em cima é como o que está embaixo", ou, se preferir, em termos modernos: o microcosmo reflete-se no macrocosmo. É isso que exprimem as duas esferas de Ptolomeu; elas designam um sentido mais vasto: a correspondência do humano e do divino.

Enquanto contemplava os afrescos, ele murmurou:

— Há realmente tantas maneiras de olhar as coisas...

Eu estava literalmente fascinado pela extensão das significações que me deixava entrever o cardeal Carlo Di San Giovanni.

— Não temos muito mais tempo, meu jovem amigo. Siga-me, por favor.

Atravessando rapidamente as outras *stanze*, o cardeal dirigiu-se para uma escada em caracol que descia até os aposentos Borgia, um andar abaixo. Era um local estranho onde ainda imperavam os murmúrios dos homens assassinados por Rodrigo Borgia, o papa Alexandre VI. Foi aqui que o pai de Lucrécia e de César Borgia acabou com a vida, envenenado pelo vinho que ele destinava a outro.

— Imagino que conheça estes aposentos...

— Já andei por diversas partes do Vaticano.

— Trouxe-o aqui porque este lugar, com suas sombrias histórias de intrigas e de poderes, simboliza a outra vertente do segredo que lhe foi revelado hoje. Você precisa saber que existem no interior da Igreja duas tradições: a Igreja de Pedro e a Igreja de João. A de Pedro herdou, a partir de Constantino, a estrutura do Império Romano, ela é a Ordem, o Dogma, a Hierarquia. Já a Igreja de João representa os aspectos esotéricos e os segredos do Ensinamento; todos os métodos específicos que permitem o cumprimento da visão divina em cada um de nós. Seus membros são Passadores de verdades, assim como o são certos artistas e alquimistas. No entanto, a maioria dos Passadores, como o meu amigo Lucien, não pertence a qualquer Igreja.

— O senhor é o chefe da Igreja de João, não é?

O cardeal aquiesceu em silêncio. Depois de algum tempo, retomou com uma voz doce:

— Mas não confunda as coisas: os Passadores não são uma organização, não mais que a Igreja de João, aliás. Trata-se de uma corrente de adeptos, um pouco como o que ocorre geralmente no mundo dos alquimistas. Nós somos passadores de testemunhos, nada mais. Não desejamos comprometer nossa busca com manobras políticas ou confrontos. Foi por isso que não tentamos atrapalhar a difusão de *O código Da Vinci*. No interior da estrutura globalmente piramidal da Igreja encontram-se padres que tentam transmitir a chama da verdade. Estimamos que indivíduos isolados são menos vulneráveis que uma organização, mais fácil de ser aniquilada. Assim, pensamos que estabelecer uma organização implicaria, cedo ou tarde, o aparecimento de uma hierarquia ou de um poder, o que é o oposto à libertação completa da humanidade.

— Isso não deixa de fazer sentido — acrescentei. — O modelo da organização possui sua própria lógica. Mesmo a serviço de um grande ideal, toda associação acaba por se institucionalizar.

À medida que ele avançava em suas revelações, o ritmo de sua voz tornava-se mais lento.

— E, depois, há a Igreja de Pedro, que encarna o aspecto institucional, doutrinal, e quase sempre é bastante rígida. Os que a defendem não querem que a mensagem da divinização seja difundida, pois ela ameaça sua posição de intermediários. Toda a história da cristandade pode ser explicada como um longo movimento de oscilação entre esses dois pólos. Às vezes, membros ou simpatizantes da Igreja de João dispõem de certa influência, como durante o Renascimento. Outras vezes, e este é o caso mais comum, os adeptos da Igreja de Pedro controlam as alavancas do poder, e isso já acarretou catástrofes como as Cruzadas, a Inquisição, os processos de heresia e as fogueiras...

— As obras da Congregação Cinza...

— Sim.

— Seus membros continuam ativos?

— Oh, sim, mas não da mesma maneira. De fato, eles não possuem tanto poder como antes. Depois da morte de Giordano Bruno, em 1600, o filósofo e alquimista queimado vivo no Campo dei Fiori, em Roma, eles não praticaram mais o mal físico. Sua ação, fosse através do Santo Ofício (a antiga Inquisição), fosse por canais mais misteriosos, passou a ser exercida de outra forma: através da manipulação dos espíritos pelos meios de comunicação, os grandes grupos de imprensa... O romance de Dan Brown, *O código Da Vinci*, é uma obra-prima de desinformação sabiamente orquestrada; ele mostra aquilo de que a Congregação Cinza ainda é capaz. De maneira muito hábil, essa obra lança uma pesada suspeição sobre a Opus Dei. Segundo minhas informações, trata-se de uma manobra para desestabilizar um grupo concorrente na parte conservadora da Igreja e, ao mesmo tempo, uma cortina de fumaça a fim de melhor dissimular as intrigas da Congregação Cinza. Mas não se engane, os membros da Congregação Cinza são também, às vezes, pessoas de valor, embora de espírito tacanho, igualitários na mediocridade, paternalistas, convencidos de que é preciso proteger os humanos "comuns" incapazes de encarar a grandeza de sua própria natureza. Eles têm medo de uma subversão geral da sociedade, se cada pessoa se der conta de qual é sua verdadeira dignidade. Mas existem outros bem mais perigosos do que eles...

— Mais perigosos? O que o senhor quer dizer?

O cardeal abriu uma janela e olhou para fora; o céu tornara-se cor de malva, e, à medida que a tarde ia embora, a cidade ganhava um tom crepuscular. O palácio do Vaticano vibrava de mil murmúrios, enquanto uma brisa carregada de cheiros de pinheiros e laranjeiras penetrava no aposento em que estávamos.

— Veja, o homem não poderia divinizar-se se já não fosse divino em sua própria essência. Essa força é um potencial e, como tal, pode ser atualizada de diferentes maneiras: seja de maneira luminosa, e o homem exprime nesse momento sua plena potencialidade, seja no seio do mundo ordinário, como um meio de adquirir os frutos envenenados do Poder. As técnicas decorrentes do lado sombrio desse potencial são, infelizmente, mais fáceis de pôr em ação, pois elas não exigem longa preparação ética. Em compensação, é impossível realizar a natureza luminosa ou divina sem primeiro tornar-se uma pessoa realmente boa. Há algo de bastante ameaçador no aspecto mau, porque todo mundo pode ceder a ele com facilidade; embora negativos e corruptores, os resultados são mais fáceis de obter e de manifestar. É, então, muito lógico: uma vez que todos os indivíduos têm a mesma natureza, isso significa que eles estão conectados sob a mesma energia ou força. Esta última pode ser utilizada sobre o seu potencial positivo ou negativo. Uma pessoa negativa, se chegasse a dispor de um objeto de poder ligado a essa força, obteria acesso direto ao inconsciente dos povos. Por intermédio do objeto, ela desenvolveria um carisma extraordinário que lhe permitiria arrastar multidões atrás de si para alcançar o poder absoluto. Tudo isso nos remete ao Graal material, que é, como você sabe agora, uma substância física que facilita a transmutação do homem em sua natureza última. O Graal é o objeto de poder mais poderoso que já existiu. Ele tem a capacidade de acelerar consideravelmente a transmutação luminosa dos indivíduos; mas se viesse um dia a cair em mãos maldosas, poderia se tornar instrumento de infelicidade e de destruição de uma amplitude que mal podemos imaginar.

— Onde está o Graal neste momento?

— Não sabemos. Os Passadores buscam o Graal pelo bem de todos, pois o método de transmutação baseado nas qualidades pessoais exige muito esforço.

— E a Congregação Cinza?

— Ela desejaria encontra o Graal e destruí-lo para sempre, a fim de estabelecer definitivamente sua influência. Mas não é a única que o procura. A Ordem da Primazia deseja pôr as mãos no Graal para utilizá-lo como objeto de poder a fim de sujeitar o homem à servidão...

Pensei no personagem de Alberich, na ópera de Wagner *O Ouro do Reno*. Alberich havia renunciado ao amor para ter acesso ao anel que lhe conferia o poder absoluto. O mesmo tema fora retomado em *O senhor dos anéis*. Por toda parte, a antiga lenda do objeto de poder ressurgia em nossa cultura moderna.

— Que representa a Ordem da Primazia?

— Uma organização de motivações extremamente negativas, infiltrada nas engrenagens dos governos e das Igrejas, disposta a tudo para obter o poder sobre os seres. Em particular, através de objetos de poder como o Graal. Quando o sangue e a infelicidade começam a correr, ela nunca está longe.

O cardeal fechou os dois batentes da janela e, sem pensar, alisou com a palma da mão a faixa púrpura em volta da cintura. Depois, disse:

— Venha, meu jovem amigo.

Avançando silenciosa e rapidamente através dos aposentos Borgia, o cardeal Di San Giovanni voltou à galeria lapidar para chegar à biblioteca apostólica. Ele possuía uma chave mestra que permitia abrir todas as fechaduras do Vaticano.

Uma após outra, as portas abriram-se, e nós entramos enfim numa sala de dimensões reduzidas, maravilhosamente decorada com afrescos do século XVI. Vitrines com armação de latão continham magníficas bíblias com iluminuras. Ao lado, repousava uma obra de aparência comum; um simples códex de papiro, de aspecto antigo, sobre o qual se alinhavam caracteres gregos irregulares. O cardeal virou-se para mim e disse:

— Eis o *Codex Vaticanus*, o documento mais antigo do Novo Testamento. Data do século IV depois de Cristo.

Com o olhar brilhante, o cardeal abriu a vitrine com um gesto seguro e preciso. Depois, virou as páginas do códex até determinada passagem. Traduzindo diretamente do grego, leu para mim sucessivamente as passagens dos quatro evangelistas que diziam respeito às aparições de Jesus depois da crucificação, bem como trechos que relatavam a transfiguração:

— Ouça, Mateus 17-2: "Ele foi transfigurado diante deles; seu rosto brilhou como o Sol e suas roupas tornaram-se brancas como a luz." Compreende o que isso significa? Esta passagem mostra que não era necessário a Cristo morrer para mostrar-se sob a forma luminosa. E, agora, Lucas 24, o famoso episódio dos discípulos de Emaús: "Eles compartilharam toda uma refeição com Jesus sem reconhecê-lo, mas ele tomou do pão, cortou-o e deu a eles. Então seus olhos abriram-se, e eles o reconheceram; mas ele desapareceu diante deles."

— Qual é o sentido desse episódio, na sua opinião?

— Para compreender isso, você precisa se lembrar da noção do Graal, que significa em seu aspecto místico a possibilidade de transformação divina, ou seja, um estado de presença, de amor e de felicidade perfeita. Tal transformação é sempre acompanhada de manifestações luminosas. No contexto cristão, é chamada de Ressurreição. Na realidade, não se trata de outra coisa senão o retorno do homem à sua natureza real. É o processo pelo qual Jesus Cristo passou ao morrer, e é aquilo que todos os homens podem realizar também.

— Segundo o senhor ele mostra que a Ressurreição de Cristo, sua transmutação luminosa, é apenas o exemplo de um processo que todo mundo pode completar.

— Exatamente.

Após um instante de silêncio, ele continuou:

— Sua forma luminosa parece se metamorfosear em função de seus interlocutores, que não podem reconhecê-lo senão através de certos sinais. A mais bela passagem é evidentemente João 20. "Maria Madalena está aos prantos junto ao túmulo. Jesus chega e lhe diz: 'Mulher, por que choras?' Ela não o reconhece e toma-o por um jardineiro. Jesus chama-a pelo nome, e só então ela o reconhece. Nesse momento, Jesus lhe diz: 'Não me toques, pois ainda não subi para meu pai.'" Compreende, caro Seth? Isso parece indicar que a transferência completa do corpo em luz leva certo tempo e que esse episódio desenrola-se antes que a transmutação seja plenamente acabada. Você, que é um aplicado estudante de história da arte, deve conhecer vários exemplos de quadros que representam essa cena e que se chamam *Noli me Tangere*, "Não me toques..."

— Nunca tinha visto os Evangelhos sob esse ângulo.

— Há muitos rumores em torno dos Evangelhos apócrifos, e, no entanto, para aquele que sabe ver, há tantos elementos nos Evangelhos "oficiais" portadores de um sentido oculto. O que os nossos amigos da Congregação Cinza tentam cuidadosamente sufocar é que esse processo não diz respeito a apenas um judeu palestino do século I, por mais notável que ele possa ter sido, mas representa o destino potencial do conjunto dos humanos, cristãos ou não.

Ele voltou a fechar lentamente o *Codex Vaticanus* e ficou longo momento em silêncio, como se orasse pelo conjunto da humanidade. Eu estava perplexo com a confiança que esse homem depositara em mim. Seu fabuloso ensinamento me foi passado com naturalidade. Lucien Sauval devia ter alguma coisa com tudo isso.

Várias questões não saíam de minha cabeça e eu queria saber mais sobre aquilo antes que chegasse o momento de nos separarmos.

— O senhor me disse não saber onde está o Graal material — disse eu —, mas até agora não me contou do que se trata.

— É verdade. Mas esse é um saber que o senhor terá de descobrir por si mesmo.

— A resposta está no livro de Giorgio Vasari, não é?

— Isso mesmo.

— Portanto, existe um exemplar dele.

— Apesar de todos os seus esforços, a Congregação não conseguiu roubar todos os exemplares para destruí-los. Existe ainda um exemplar, guardado em lugar seguro. Mas só os dignos têm acesso a ele.

— Como mostrar-se digno? Não desejo outra coisa senão ser colocado à prova.

— O senhor já está na prova — respondeu ele com uma voz suave —, há algum tempo. No entanto, para encontrar o manuscrito de Vasari, terá de decifrar uma última mensagem.

— Posso pedir ajuda a meu irmão? É uma pessoa generosa que, à sua maneira, busca a verdade.

— Nós não temos nada a esconder; eu lhe disse que o objetivo dos Passadores é permitir mesmo ao mais humilde dos humanos recuperar a herança de sua natureza original.

O eclesiástico tirou de sua longa batina um envelope que trazia um lacre de cera vermelha e me entregou. Com a mão ligeiramente trêmula, peguei o envelope e coloquei-o com cuidado no bolso do meu paletó.

Erguendo a cabeça, percebi que o cardeal Carlo Di San Giovanni me encarava atentamente, como se esperasse ver em mim o sinal de uma aceitação. Balancei a cabeça. Um fino sorriso desenhou-se em seus lábios. Ele me fez uma leve saudação com a cabeça como para convidar-me a prosseguir o caminho traçado por tantos de seus ilustres predecessores.

Nesse momento, eu me senti profundamente honrado por participar dessa aventura espiritual sem igual. E como não ficar impressionado com a abnegação e o altruísmo dos Passadores ao longo dos tempos? Artistas grandiosos como Leonardo da Vinci, Rafael ou Michelangelo tinham conservado a mensagem da divindade do Homem, ocultando-a no âmago de suas obras. Durante esse tempo, no próprio seio da Igreja, homens tinham se lançado a um ativismo discreto mas poderoso para conservar a chama do ideal esquecido da humanidade. O incrível devotamento desses indivíduos através dos séculos era digno de respeito e de admiração.

Depois o cardeal quebrou o silêncio no qual essas reflexões tinham me mergulhado:

— Muitos olhos podem estar à nossa espreita. Não aqui, no segredo destas salas, mas o Vaticano é um lugar em que todo mundo vigia todo mundo. Entretanto, quanto mais buscamos nos esconder, mais nos arriscamos a chamar a atenção sobre nós. Assim, meu filho, acho que você deve sair do palácio do Vaticano pela grande porta.

Com essas palavras, ele me conduziu ao longo da galeria lapidar, retornando comigo à parte do palácio habitada hoje pelo papa. Pegou a escada construída na época de Gregório XIII e levou-me com um passo regular ao pátio São Damásio.

— Chegamos ao fim do trajeto que devíamos realizar juntos, meu filho. Você escutou pacientemente as explicações que lhe dei e não duvido de que tenha compreendido a importância e o alcance disso para toda a humanidade. Não existe nada sobre esta Terra que tenha mais valor. O universo é uma gota de orvalho na beira de um balde em uma manhã ensolarada. Nada dura muito segundo a escala do infinito divino. É por isso que você não deve nunca cometer o erro de construir sua existência sobre fantasias. Procure não afastar-se do caminho do bem e tente reencontrar seu estado divino. Nada além disso tem importância.

— Tentarei mostrar-me digno de todas as coisas maravilhosas que o senhor me ensinou hoje, e da missão que de agora em diante passa a ser minha também.

— Vá em paz, meu jovem amigo.

O eclesiástico abriu uma última porta e me deixou com um guarda suíço. Pela longa galeria, este último me conduziu ao Portone di Bronzo, a entrada oficial do palácio pontifical. Os guardas suíços levantaram suas alabardas e, um instante mais tarde, eu estava na praça de São Pedro quase deserta, enquanto uma lua quase cheia erguia-se na noite romana.

Sob essa luz fantasmagórica e estranha, voltei a Florença pela auto-estrada A 1, que atravessa a Úmbria. Pouco antes da meia-noite, cheguei a Settignano e à Villa I Tatti. O guarda italiano, embora um pouco surpreso com minha chegada tardia, deixou que eu entrasse no estacionamento privado. Depois de levar minhas bagagens para o quarto, desci ao térreo da vila. A casa estava deserta. Pelas grandes janelas da sala de jantar, a lua dava pinceladas de luz leitosa sobre o chão ladrilhado. Lá fora, na noite, era possível ver grandes copas de árvores aparadas e alguns teixos solitários. O quadro de Sasseta estava diante de mim, hierático e resplandecente. Fiquei um longo momento em contemplação diante dele. A atmosfera que se desprendia do painel misturava-se às recordações desse estranho dia. Eu compreendia enfim o que Susan Cunningham tinha em vão tentado me transmitir dois meses antes, ali mesmo onde eu estava agora.

O painel preenchia meu campo visual; ao centro, Francisco de Assis, de pé, os braços abertos como se ele acolhesse o conjunto dos seres, exibia um rosto radiante e tranqüilo. Cada uma de suas mãos trazia um ponta vermelha — os estigmas que o identificavam com a figura de Cristo. Ele estava cercado por um arco de luz e de fogo que o aparentava aos retratos de Cristo tal como são vistos nas catedrais romanas. Isso deixava-o estranhamente parecido com *O Homem Vitruviano*, de Leonardo. Contemplando-o melhor, compreendi por que a Congregação Cinza tinha procurado tanto destruí-lo: a mandorla, essa auréola que envolve o corpo, era o símbolo do divino. Nas representações cristãs clássicas, ela era reservada exclusivamente ao Cristo ou à Virgem. Pintar São Francisco com os braços em cruz no centro de um halo dourado e lápis-lazúli exprimia o chamejar de todas as qualidades da natureza humana e atestava, blasfêmia absoluta para a Congregação Cinza, que ele atingira a plena realização, como um outro Cristo.

Eu estava ao mesmo tempo perturbado e aterrorizado com todas essas descobertas. Era incapaz de determinar se havia embarcado numa aventura medieval delirante ou numa busca que ia comprometer meu destino. Minha mão pousou então sobre o bolso do meu paletó e senti a carta do cardeal através do tecido. Peguei a carta, observei-a um instante e rompi o lacre.

Eis o texto que encontrei:

JNEDUTSFOLNSNRFONDUVNLTRNINPDRFS
DUSFLFSTRNMRFNLTTUJNTRMUWNSSDLSCDUTN
IDLSJNTRNSWFNUYTNKPJNJNRDPDVNOFT
IUSMKKNTIUKMLTFJWMJNWNRSJDVMTN

Florença, 17 de julho

Mais de uma semana tinha se passado desde minha longa conversa com o cardeal Di San Giovanni nos corredores do Vaticano. Embora com vontade de prosseguir em minhas pesquisas sobre a obra de Vasari e, se possível, sobre o Graal, tinha de permanecer em Florença por duas semanas. Não podia deixar de marcar certa presença em I Tatti, pelo menos para alguns jantares entre estudantes e professores, a fim de que ninguém pensasse que eu havia desaparecido completamente da paisagem universitária. Para justificar minhas repetidas faltas, inventei pesquisas sobre um manuscrito raro que falava de Leonardo da Vinci, o que, em parte, era verdade. Enquanto isso, usava meu tempo livre para tentar decifrar a carta do cardeal, mas sem sucesso. Passando pela biblioteca, perguntei se alguém não teria notícias de Susan Cunningham.

mas fiquei sabendo que ela não aparecia por ali havia semanas. Devia estar em Ischia, onde possuía uma casa, ou nos Estados Unidos.

Um dos aspectos positivos de meu encontro com o cardeal Di San Giovanni era a nova calma que eu sentia. O fato de ter descoberto parte do Grande Segredo proporcionava-me uma alegria profunda e pacífica, como se os pequenos cuidados da vida tivessem deixado de exercer qualquer domínio sobre mim. Esse novo estado de espírito, de fato, tornava-me mais paciente e disponível aos outros. Passei também várias horas zanzando entre Settignano e Fiesole, à sombra dos ciprestes e das oliveiras. E me dei conta de como o campo toscano, com seus pequenos vales azulados e suas paisagens semeadas de ciprestes, inspirava os estados contemplativos.

Mas eu não perdia a esperança de encontrar os traços do último manuscrito de *Leonardo e l'Alchimia.* Achá-lo era um fato condicionado a decifrar a mensagem. Quanto mais pensava no assunto, mais me convencia de que a solução só podia estar em Paris. Muitas indicações, muitos fios levavam a essa cidade e à Abadia de Saint-Denis. E depois, a ajuda de Hugo seria preciosa para decodificar a carta do cardeal. O primeiro enigma de Lucien Sauval, por outro lado, tinha certamente razão de ser e não podia ser negligenciado. As férias de fim de ano aproximavam-se e a maioria dos professores e dos estudantes de I Tatti voltariam aos Estados Unidos para passar algumas semanas com a família antes do começo do ano letivo. Tomei a decisão de voltar a Paris no verão.

IV

Paris

Paris, 4 de agosto

O Sena, qual uma serpente de prata, ziguezagueava entre as monumentais fachadas do cais, refletindo um céu luminoso semeado de nuvens brancas. Uma leve brisa que vinha do leste trazia um frescor bem-vindo nessa manhã ensolarada e radiosa. No último andar da loja de departamentos Samaritaine, a vista sobre a cidade era magnífica; todos os monumentos pareciam a um só tempo próximos e longínquos, como postos em relevo pela luz matinal. Os inumeráveis telhados acinzentados eram cobertos aqui e ali pela pátina verde-pistache de uma igreja, de um teatro ou de um palácio... Encostado no parapeito do terraço, eu tomava um café saboreando essa vista magnífica. Hugo apareceu no meio da confusão de turistas e dos raros freqüentadores do terraço. Sempre decidido e sorridente, tomou-me em seus braços poderosos e cumprimentou-me pela minha chegada. Eu estava em Paris desde a véspera, e ele interrompera suas férias na Normandia especialmente para me ver.

— Como vai, Seth? — disse ele com um tom alegre. — Continua à procura daquele manuscrito?

Hesitei, mas logo resolvi colocá-lo a par do essencial de minhas descobertas. Confesso que estava um pouco ansioso por saber como ele reagiria à incrível perspectiva descortinada pelo cardeal Di San Giovanni, mas, para minha grande surpresa, Hugo mostrou-se totalmente interessado em meu relato. Depois de algumas explicações extras, mostrei-lhe a carta contendo a mensagem cifrada do cardeal:

JNEDUTSFOLNSNRFONDUVNLTRNINPDRFS
DUSFLFSTRNMRFNLTTUJNTRMUWNSSDLSCDUTN
IDLSJNTRNSWFNUYTNKPJNJNRDPDVNOFT
IUSMKKNTIUKMLTFJWMJNWNRSJDVMTN

Hugo pegou a carta e observou-a por um momento.

— Humm, ficaria admirado se fosse uma cifra de César. Seria muito simples, mas não custa nada tentar.

— O que é uma cifra de César?

— Uma simples substituição de letras segundo certo deslocamento. Por exemplo, se desfalcamos o alfabeto de cinco letras, a letra A torna-se F, a letra B torna-se G etc. A palavra César é cifrada em... me dê um segundo: HJXFW. Suetônio falava sobre isso no seu *Vidas dos doze Césares*. Você devia conhecer esse livro, afinal é o historiador que mora na Itália!

— Você sabe muito bem que essas histórias de códigos nunca foram de grande interesse para mim.

— É verdade, você sempre detestou charadas e palavras cruzadas. Lembra das enrascadas em que eu o colocava? Você logo desistia do jogo.

Dei de ombros à lembrança desagradável e humilhante daqueles episódios.

— É pena! — insistiu Hugo.

— Por quê?

— Digamos que essas coisas às vezes podem ajudar — disse ele, sorrindo.

— Tem alguma idéia para decifrar a mensagem?

— O importante é compreender que toda cifra é composta de dois elementos: um algoritmo e uma chave. Na cifra de César, por exemplo, o algoritmo é o fato de arranjar a sucessão das letras do alfabeto de forma regular. A chave é o número de defasagem; no meu exemplo, o cinco.

— E em sua opinião esta carta não foi cifrada segundo esse procedimento?

— Não, pois a cifra de César só tem 25 chaves, ou seja, 25 possibilidades diferentes de serem cifradas. É muito fácil de decodificar.

— Você conhece bem o negócio!

— Já li muito sobre os truques dos códigos; não estou lembrado de tudo, mas podemos tentar juntos, se você quiser. Há muitos deles indecifráveis em nossos dias, criados por computadores. É difícil acreditar que o seu enigma mergulhado na noite dos tempos possa estar cifrado dessa maneira. Em todo caso, é o que espero, para sua sorte.

Hugo arrancou duas folhas de papel de sua agenda. Depois me deu a metade das chaves a serem investigadas e tentou por sua vez decifrar a mensagem. Depois de ter esgotado as 25 possibilidades, percebemos que o cardeal não nos facilitara a tarefa. No entanto, eu estava persuadido de que ele quisera, antes de tudo, testar minha motivação. Se ele tivesse intenção de cifrar seriamente a carta, não teríamos nenhuma chance de vir a compreender seu sentido.

— É possível que se trate de uma cifra de substituição, só que mais geral — sugeriu Hugo. — Trocam-se as letras do alfabeto de acordo com uma ordem aleatória. Isso permite um número bem maior de chaves diferentes.

— Quantas, na sua opinião?

— Vários milhões de bilhões de bilhões.

— Meu Deus!

— Mais ou menos o tempo necessário para esvaziar todos os oceanos da Terra com uma pipeta de laboratório.

— Estou vendo.

— O problema é a dificuldade para decifrá-lo, inclusive para o destinatário da mensagem. É por isso que se encontra geralmente uma palavra-chave ou frase que indica a ordem de substituição. Embora esse método reduza muito pouco o número de chaves disponíveis, ele oferece a vantagem de lembrar facilmente a palavra-chave. Por exemplo, se tivermos como palavra-chave CARDINAL (cardeal), começamos suprimindo as letras repetidas, o que dá CARDINL. Emprega-se então a palavra-chave no começo do alfabeto cifrado, a continuação não é nada mais que a sucessão normal das letras a partir da última da palavra-chave, omitindo as letras já utilizadas. No meu exemplo, isso dá:

Alfabeto normal:	a	b	c	d	e	f	g	h	i	j	k	l
Alfabeto cifrado:	C	A	R	D	I	N	L	M	O	P	Q	S

m	n	o	p	q	r	s	t	u	v	w	x	y	z
T	U	V	W	X	Y	Z	B	E	F	G	H	J	K

— A palavra normal César transforma-se em RIZCY. É uma cifra ao mesmo tempo de utilização muito simples e extremamente eficaz — concluiu Hugo, com a firmeza de um cientista fazendo uma demonstração que ele julga evidente.

— Mas, então, de que modo você acha que poderíamos decifrar a carta do cardeal?

— É preciso tentar a análise de freqüência.

— Seja mais claro! Estou perdido.

— É muito simples, pelo menos em princípio. Você tenta analisar as letras mais freqüentes na mensagem cifrada, substituindo-as pelas letras mais utilizadas. Normalmente, isso funciona muito bem. Se estiver interessado, posso lhe passar alguns livros de referência sobre os métodos de decodificação. Depois, vai precisar de paciência, intuição e boa dose de sorte. Mas, sobretudo, Seth, nunca perca de vista que é preciso tentar encontrar a palavra-chave que permite decifrar a mensagem de um só golpe.

Mais tarde, no apartamento da Rue de la Montagne Sainte-Geneviève, instalei-me com Hugo na sala de visitas com livros sobre os códigos e folhas de papel. A primeira fase para fisgar uma cifra pela análise de freqüência, como meu irmão me explicara, é sempre determinar a língua utilizada na mensagem clara. Como a conversa com o cardeal se deu em francês, praticamente apostei que o texto do cardeal tinha de ter sido escrito na mesma língua. Um dos livros de Hugo mencionava um quadro de freqüência das letras utilizadas nos textos correntes em língua francesa.

Letras em porcentagem de freqüência		
A: 9,42%	J: 0,89	S: 7,90
B: 1,02%	K: +/-0	T: 7,26
C: 2,64%	L: 5,34	U: 6,24
D: 3,39%	M: 3,34	V: 2,15
E: 15,87%	N: 7,15	W: +/-0
F: 0,95%	O: 5,14	X: 0,30
G: 1,04%	P: 2,86	Y: 0,24
H: 0,77%	Q: 1,06	Z: 0,34
I: 8,41%	R: 6,46	

Num primeiro momento, procuramos no texto cifrado pelo cardeal as ocorrências de cada letra, conscientes, no entanto, de que num texto de quatro linhas as correspondências seriam aproximativas.

JNEDUTSFOLNSNRFONDUVNLTRNINPDRFS
DUSFLFSTRNMRFNLTTUJNTRMUWNSSDLSCDUTN
IDLSJNTRNSWFNUYTNKPJNJNRDPDVNOFT
IUSMKKNTIUKMLTFJWMJNWNRSJDVMTN

Isso resultava, por letra:

N: 23 ocorrências
T: 13 ocorrências
S: 12 ocorrências
D: 10 ocorrências
R, U, F: 9 ocorrências
J: 8 ocorrências

L: 7 ocorrências
M: 6 ocorrências
K, I, W: 4 ocorrências
O, P, V: 3 ocorrências
C, E, Y: 1 ocorrência
A, B, G, H, Q, X, Z: 0 ocorrência

Sempre que chegávamos a uma descoberta, Hugo afixava o resultado na parede da sala.

— Em criptoanálise é muito importante poder visualizar os avanços, as descobertas, as hipóteses, por mais descabidos que pareçam. Todo um amontoado de correspondências e de idéias pode surgir dessa maneira.

Portanto, diante de mim na grande mesa da sala, Hugo colocou o queixo sobre as mãos e assumiu um ar concentrado. Devo dizer que ele estava muito paciente comigo; eu me perguntava se teria o mesmo procedimento caso tivesse de ajudá-lo. Ele levantou os olhos para mim.

— Vamos proceder à análise de freqüência, mas ao mesmo tempo é importante não perder de vista a descoberta da chave. Assim, todos os progressos obtidos devem ser relacionados ao alfabeto cifrado.

— Perfeito, Hugo.

— A letra mais freqüente em francês é a letra "e", não é? No nosso quadro de freqüência, ela se situa em mais de 15 por cento. No texto cifrado, a letra mais freqüente é o N. Vamos então fazer essa substituição, tudo bem?

— Até aí, está ótimo.

— Como sempre corremos o risco de nos perder no meio de todas essas letras, a convenção em criptografia é que o alfabeto claro fique em minúsculas e o alfabeto cifrado em maiúsculas. Assim, temos:

JeEDUTSFOLeSeRFOeDUVeLTReIePDRFS
DUSFLFSTReMRFeLTTUJeTRMUWeSSDLSCDUTe
IDLSJeTReSWFeUYTeKPJeJeRDPDVeOFT
IUSMKKeTIUKMLTFJWMJeWeRSJDVMTe

— Paralelamente, nota-se a mesma mudança no alfabeto cifrado — disse Hugo.

a	b	c	d	e	f	g	h	i	j	k	l	m	n	o	p	q	r
			N														
s	t	u	v	w	x	y	z										

Um instante depois, fiquei muito orgulhoso ao observar que três letras se repetiam no texto.

— Está aprendendo rápido — disse Hugo —, já nos serviremos delas. Vamos marcar todas em negrito no texto cifrado.

JeEDUTSFOLeSeRFOeDUVeLTReIePDRFS
DUSFLFSTReMRFeL**TT**UJeTRMUWe**SS**DLSCDUTe
IDLSJeTReSWFeUYTeKPJeJeRDPDVeOFT
IUSM**KK**eTIUKMLTFJWMJeWeRSJDVMTe

As letras mais freqüentes no texto cifrado eram em seguida T (13 vezes), S (12 vezes), D (dez vezes). Em nosso quadro de freqüência, a letra mais comum depois de "e" era "a". Rabisquei rapidamente as três opções, mas a que nos parecia mais provável era trocar D por "a". De fato, nos outros casos isso dava vogais duplas, coisa raríssima em francês. Evidentemente, não se podia excluir totalmente que duas palavras coladas formassem por acaso uma vogal dupla. Por exemplo, "*une erreur*" (um erro) seria escrito "*uneerreur*". No entanto, se todos os D fossem trocados por "a", o fim da terceira linha com sua sucessão de vogais e de consoantes, JeJeRaPaVe, assemelhava-se muito bem ao espaçamento regular das vogais numa frase em francês.

— Vamos ver agora sua idéia sobre letras duplas — disse Hugo. — Quais são as que existem em francês?

— "ss", "mm", "nn" e "tt", acho.

— Há também "ll".

— Vamos tentar então todas as trocas possíveis.

Rapidamente a grande mesa da sala foi coberta de quadras incompreensíveis. Diante de tudo o que havia ali, comecei a ficar desorientado. Hugo lançou um olhar ao nosso quadro de freqüência e, com um pouco de entusiasmo, observou que, em francês, entre as consoantes duplas, a ordem decrescente das freqüências é "ss", "tt", "nn", "mm" e "ll".

Hugo imaginou a estranha hipótese de que os SS da mensagem cifrada deviam representar ou "ss" ou "tt". Eu achava essa idéia ao mesmo tempo esquisita e simplista; para mim, uma cifra deve embaralhar integralmente a mensagem. Mas meu irmão ergueu os ombros, mostrou-me negligentemente a quadra e disse:

— Não está bastante complicado para você?

Depois, acrescentou:

— Aliás, deixar certas letras idênticas, mudando apenas as outras, pode tornar a codificação ainda mais desorientadora. De todo modo, vamos tentar e ver como fica tudo isso.

a	b	c	d	e	f	g	h	i	j	k	l	m	n	o	p	q	r
D				N													
s	t	u	v	w	x	y	z										
S	T																

JeEaUtsFOLeseRFOeaUVeLtReIePaRFs
aUsFLFstReMRFeLttUJetRMUWessaLsCaUte
IaLsJetResWFeUYteKPJeJeRaPaVeOFt
IUsMKKetIUKMLtFJWMJeWeRsJaVMte

— Em todo caso — disse Hugo —, o resultado, se não é assim tão esclarecedor para nós, pelo menos não dá combinações de letras impossíveis.

— Então, você reparou que a segunda letra da mensagem é um “e”? Em francês, uma frase começa geralmente por um artigo ou um pronome sujeito como “je” (eu). Se eu estiver correto na minha teoria de que S e T guardam o seu verdadeiro valor, o J conserva também o seu! Portanto, é seguramente um artigo e, neste caso, a única possibilidade é que J represente a letra “l” para formar o artigo “le” (o). O que acha?

— Você deve estar certo; nesse caso, a consoante dupla KK na quarta linha não pode ser substituída por “ss”, “tt” nem “ll”, pois já foram consideradas. K deve substituir “m” ou “n”, as duas outras consoantes que se podem dobrar.

— Os “m” ou os “n”?

— Mostre-me o alfabeto cifrado para eu dar uma olhada.

a	b	c	d	e	f	g	h	i	j	k	l	m	n	o	p	q	r
D				N							J	*K*	*K*				
s	t	u	v	w	x	y	z										
S	T																

— Não se esqueça, Seth, de que a palavra-chave está sempre à esquerda do alfabeto cifrado e que, em seguida, as letras se sucedem, mas deslocadas para a direita, e com irregularidades devidas às letras já utilizadas na palavra-chave. Está me entendendo?

— Sim, sim, mais ou menos.

— Na minha opinião, é impossível que K represente “n”, porque, no alfabeto cifrado, ou a letra K segue imediatamente J, ou ela foi utilizada na palavra-chave inteiramente à esquerda do alfabeto. Mas, em caso algum a letra K da cifra pode estar mais à direita, abaixo de “n”. Portanto, para mim, K é “m”.

— Não entendi nada — confessei humildemente —, mas admito que você tem razão.

Hugo explodiu numa gargalhada, levando-me a fazer a mesma coisa. Tentou em seguida me explicar duas ou três vezes seu raciocínio, mas sem grande resultado.

— Vamos tentar seguir a seqüência com a letra L como igual a “n”, ou seja, JKL na cifra substitui “lmn” no alfabeto claro.

leEaUtsFOneseRFOeaUVentReIePaRFs
aUsFnFstReMRFen**tt**UletRMUWessansCaUte
IansletResWFeUYtemPleleRaPaVeOFt
IUsM**mm**etIUmMntFlWMleWeRslaVMte

— Você viu a seqüência de letras “sMmmet” na quarta linha? M substitui forçosamente uma vogal. Não existe “simmet” nem “summet”, e “a” e “e” já foram encontradas. A única palavra que eu vejo é “sommet” (cume), em que M é igual a “o” — disse eu, muito orgulhoso de retomar a vantagem.

— Isso me parece inteiramente lógico — respondeu Hugo.

le EaUtsFOneseRFOeaUVentReIePaRFs
aUsFnFstReoRFen**tt**UletRoUWessansCaUte
IansletResWFeUYtemPleleRaPaVeOFt
IU so**mm**et IU mont FlWoleWeRslaVote

— Isso faz aparecer as palavras “sommet” (cume) e “mont” (monte) em uma mesma linha; estamos certamente na boa pista. Neste caso, os dois grupos de letras IU antes de “sommet” e "mont" devem ser artigos ou preposições. Isso não pode ser "au sommet" (no cume), pois já encontramos "a", nem "le sommet" (o cume), pois já temos as letras "l" e "e". A meu ver, só nos resta "du sommet" (do cume).

Troquei, então, essas duas letras por suas equivalentes no alfabeto claro. Nesse ponto, tentamos encontrar a maneira como as linhas podiam fundir-se em palavras.

le EautsFOneseRFOeauVentRe de PaRFs
au sFnFstRe oRFent tu le tRouWes sans Caute
dans letResWFeuYtemPleleRaPaVeOFt
du sommet du mont FlWoleWeRs la Vote

O fim da segunda linha parecia promissor, pois "sans Caute" dificilmente podia ser outra coisa senão "sans faute" (sem falta), e neste caso a palavra "tRouWes" era certamente "trouves" (tu achas). Isso também nos dava indicações sobre a linha de cima. A letra "v" estando já resolvida, o V de "Ventre" (ventre) só podia ocultar o "c" (não existia outra palavra possível em francês). E que podia ser "le centre de PaRFs" senão "le centre de paris" (o centro de Paris)? Cinco letras acabavam de ser desvendadas de um só golpe.

le EautsiOneseriOe au centre de paris,
au sinistre orient tu le trouves sans faute.
dans le très vieuYtemPleleraPaceOit
du sommet du mont, il vole vers la côte

Foi então que me lembrei da frase pronunciada por Hugo no terraço da Samaritaine. "É preciso tentar encontrar a palavra-chave que permite decifrar a mensagem de um só golpe." Escrevi sobre uma linha todas as letras do alfabeto na ordem, embaixo aquelas que pensávamos já ter descoberto.

a	b	c	d	e	f	g	h	i	j	k	l	m	n	o	p	q	r
D		V	I	N	C			F			J	K	L	M			R
s	t	u	v	w	x	y	z										
S	T	U															

Assim que vi a linha, estourei de rir.

— O que foi? — perguntou Hugo. — O que encontrou aí de tão engraçado?

— O cardeal é um brincalhão. Olhe as primeiras letras: a palavra-chave é "DA VINCI CODE", o que, sem repetir letra, é DAVINCOE.

— Moleza — deixou escapar Hugo —, temos a cifra completa.

a	b	c	d	e	f	g	h	i	j	k	l	m	n	o	p	q	r
D	**A**	**V**	**I**	**N**	**C**	**O**	**E**	F	G	H	J	K	L	M	P	Q	R
s	t	u	v	w	x	y	z										
S	T	U	W	X	Y	Z	B										

Adivinhada a chave utilizada pelo cardeal, decifrar o resto da mensagem não foi para nós nenhum problema:

Le haut signe s'érige au centre de Paris,
Au sinistre orient tu le trouves sans faute.
Dans le très vieux temple, le rapace gît,
Du sommet du mont, il vole vers la côte.

O alto sinal erige-se no centro de Paris,
No sinistro oriente tu o achas sem falta.
No muito velho templo, o rapace jaz,
Do cume do monte, ele voa para a costa.

Hugo e eu estávamos orgulhosos e felizes como dois jogadores que tivessem ganho uma partida difícil. Esse brusco momento de alegria compartilhada me fez lembrar de todos os momentos que tínhamos vivido em nossa infância. Agradeci-lhe várias vezes por toda a ajuda que me havia proporcionado, mas ele levantou os ombros me dizendo que, afinal, ele se divertira muito.

— De qualquer maneira — deixou escapar, sério —, para que servem os irmãos senão para se ajudarem uns aos outros? Mas nem por isso acho que você tenha chegado ao fim de suas provas. Na minha opinião, o cardeal não facilitou sua tarefa. Agora, é com você dar continuidade ao jogo.

Hugo tinha razão, como sempre; pois, infelizmente, a descoberta do poema não significava o fim das provas. O texto, embora escrito em francês, parecia mais ou menos tão críptico quanto sua versão cifrada. Após várias horas passadas tentando compreender as indicações ali contidas, enchi minha cabeça de mil teorias. Hugo estaria de volta às suas férias no dia seguinte. Qualquer que fosse a natureza da próxima etapa, eu teria de enfrentá-la sozinho.

Paris, 6 de agosto

A quadra do cardeal evocava o "centro de Paris" onde um "alto sinal" supostamente elevava-se. No final da manhã, deixei o Quartier Latin para encaminhar-me com um passo ligeiro à Catedral de Notre-Dame, na ilha da Cité. No adro da catedral, ım disco de bronze marca o quilômetro zero de todas as estradas da França, que se irradiam como teia de aranha a partir de Paris. Se existia um centro de Paris, devia ser precisamente esse local, pensei comigo. O adro estava lotado de turistas de bom humor, com suas máquinas fotográficas na mão e boné na cabeça. O medalhão de bronze que indicava o local do centro simbólico da França continuava lá, incrustado na calçada.

Apesar de todos os meus esforços, eu não conseguia nenhuma associação para os outros elementos do poema. Subi ao ponto mais alto da catedral, mas, além da magnífica vista de Paris, não vi nada que me recordasse um "sinistro oriente" ou um "alto sinal". Havia, sim, algumas gárgulas que se lançavam no vazio, mas elas pareciam zombar de mim e de minha idiota desorientação. Era inútil procurar, eu não conseguia desvendar sequer o começo de uma indicação. Frustrado, mal-humorado, já me preparava para ir embora quando ouvi por acaso um guia que dava uma explicação a um grupo de americanos na imponente torre.

— É aqui, diante da catedral, exatamente aqui, que todas as distâncias a partir de Paris são calculadas — explicava o guia com voz grave diante de um auditório pouco receptivo. — Foi o imperador Napoleão, quando estabeleceu os números das estradas nacionais, quem fez selar este círculo de bronze. Mas o lugar que antes marcava o centro de Paris era a Torre Saint-Jacques-de-la-Boucherie.

Paris, 7 de agosto

Plantada num jardim desprovido de graça, a dois passos da praça do Châtelet, a Torre Saint-Jacques representava para muitos parisienses um monumento misterioso. Desde muitos e muitos anos ela era recoberta de sombrios andaimes que não deixavam os transeuntes percebê-la. De fato, não me lembrava de algum dia tê-la visto livre daquela armação de metal e tela. Passei o resto do dia na Biblioteca Sainte-Geneviève (uma das mais agradáveis de Paris), a fim de buscar elementos. Por sorte, dei com uma obra muito bem documentada que me informou sobre vários fatos perturbadores. A Torre Saint-Jacques tinha sido construída entre 1509 e 1521, ou seja, durante os anos em que Leonardo da Vinci viveu na França. A igreja, uma das mais antigas de Paris, erguia-se no lugar de um dos três megálitos que formavam os principais locais de culto de Lutécia, a Paris medieval. O megálito de Saint-Jacques marcava o centro da cidade gaulesa, e a torre lhe sucedera como símbolo monumental do coração da capital. De modo surpreendente, o arquiteto francês que desenhara a torre tinha trabalhado sob a supervisão de um arquiteto italiano, fra Giocondo, que não era outro senão o primo de Monna Lisa del Giocondo, o modelo da famosa pintura de Leonardo da Vinci. Mais uma vez meus passos se cruzavam com elementos da intriga de *O código Da Vinci*. De acordo com uma outra obra, a torre retangular tinha também grande reputação no meio alquimista, pois dizia-se que numerosos elementos da realização da Grande Obra tinham sido codificados em sua decoração. A Igreja Saint-Jacques, destruída após a Revolução Francesa, abrigava igualmente o túmulo de Nicolas Flamel, o mais famoso dos alquimistas franceses, e podia-se indagar se o santuário de Saint-Jacques não fora outrora um local de reunião secreto para os Passadores.

De volta a casa, tentei novamente compreender o enigmático poema do cardeal.

O alto sinal erige-se no centro de Paris,
No sinistro oriente tu o achas sem falta.
No muito velho templo, o rapace jaz,
Do cume do monte, ele voa para a costa.

Sem dúvida, a Torre Saint-Jacques erigia-se "no centro de Paris". Mas o "sinistro oriente" referia-se a quê? Um lugar mítico? Uma ameaça? Uma indicação geográfica? De repente, tive uma intuição. "Oriente" queria dizer o leste e a palavra "sinistro" significava, muito provavelmente, "à esquerda", como em italiano. Restava-me então descobrir esse "alto sinal".

Na mesma noite, decidi organizar uma expedição noturna ao cume da Torre Saint-Jacques para tentar encontrar o "sinal" indicado pelos dois primeiros versos da quadra. Eu não via nenhum outro meio de examinar o cume da torre oculta pelas intermináveis restaurações. Para isso, equipei-me convenientemente: roupas escuras, sapatos com sola de borracha, lanterna de bolso, máquina fotográfica digital.

Por volta das quatro da manhã, saí de casa e percorri a pé a distância que me separava da Torre. A noite estava esplêndida, apesar das borrascas de vento que anunciavam uma tempestade de verão. Enquanto a Lua se cobria de grossas nuvens orladas por um fio de prata, cheguei ao jardim Saint-Jacques. Depois de uma última olhada, saltei a grade e me encaminhei no escuro na direção dos andaimes. Dei uma volta discreta no monumento sem perceber por ali nenhum sistema de detecção ou de alarme. Depois, sem fazer barulho, trepei no tapume e alcancei o primeiro andar da longa estrutura metálica. Devia tomar cuidado para só usar minha lanterna em último caso; se um movimento de luz fosse notado da Rue de Rivoli, eu corria o risco de ser detido e interrogado pela polícia.

No primeiro andar, nos nichos escavados nos contrafortes, exibiam-se estátuas de corpo inteiro de personagens santos. Um clarão repentino riscou a noite, e, após alguns segundos, a tempestade rugiu. Senti grande medo naquele lugar deserto.

Para coroar tudo, a chuva começou a cair em longas torrentes irregulares e o vento começou a provocar estranhos assobios ao passar entre as estátuas dos santos. Eu precisava controlar-me para não ceder ao pânico. O sinal devia estar no alto da torre. Subi ao cume pelos andaimes e alcancei finalmente o último andar, sem fôlego e tremendo de medo. Longe de ficar mais brando, o vento tinha redobrado sua força. Acendi minha lanterna de bolso e dirigi o pequeno facho de luz para as massas sombrias que ocupavam os contrafortes do último andar. Várias estátuas contemplavam a noite com uma impressão desagradável, como se estivessem a um só tempo mortas e vivas. Afastei-me para o lado leste e examinei com atenção as duas estátuas que estavam à minha frente. A da esquerda representava um santo com um bastão de bispo na mão e uma longa barba. Quem podia ser? Peguei minha câmera digital e tirei uma foto, enquanto a tempestade arrebentava à minha volta. Trêmulo e angustiado, desci de meu poleiro sem sequer lançar um olhar à vista noturna de Paris. Depois, enfrentando a tempestade que se abatia sobre a cidade, voltei à Rue de la Montagne-Sainte-Geneviève.

Paris, 8 de agosto

Pela manhã, o céu havia voltado a ficar limpo e translúcido, como se o temporal da véspera não tivesse passado de um pesadelo agitado durante a noite. Hugo permanecia em Honfleur, eu teria de continuar sozinho minha busca. Uma perspectiva meio angustiante em vista das dificuldades que havíamos experimentado até ali.

Imprimi a foto que tirara no alto da Torre Saint-Jacques e analisei com maior precisão o santo que ela representava.

Como havia observado na véspera sob a tempestade, tratava-se de um santo bispo, o que podia ser deduzido do seu báculo pastoral e sua mitra. Ele exibia, aliás, uma barba enorme que se espalhava sobre o peito.

Eu não estava certo de que sua identidade fosse realmente importante. Talvez houvesse na própria imagem algum detalhe que pudesse me guiar. Por exemplo, a direção do olhar ou da mão...

Fiz vários esboços traçando linhas sobre um mapa de Paris a partir da Torre Saint-Jacques, tomando como referência, de modo sucessivo, sua mão direita e a direção de seu olhar. Mas essas linhas se perdiam na direção dos bairros sem encontrar um local notável. Depois de várias horas, renunciei a essa pista e indaguei-me novamente como podia determinar quem era o tal personagem. No fim da tarde, fui até a Biblioteca Sainte-Geneviève, situada a dois passos de casa. O prédio era um desses templos do saber, bem ao gosto dos construtores do século XIX. A arquitetura em aço da sala de leitura formava uma série de pequenos domos que curiosamente evocavam uma construção bizantina. Subindo a escada principal, saudei mentalmente a reprodução monumental da *Escola de Atenas* que a dominava. Essa recordação de minha visita ao Vaticano pareceu um bom sinal para as minhas pesquisas. Depois de ter consultado os catálogos, encomendei várias obras sobre a história de Paris e de seus monumentos. Depois me sentei à mesa numerada que me indicaram, esperando tranqüilamente que as obras me fossem entregues. Enquanto isso, curtia a atmosfera calma e aveludada do lugar.

Às dez horas da noite, hora em que a biblioteca fechava, não tinha encontrado nenhuma descrição precisa sobre as decorações esculpidas da Torre Saint-Jacques. Voltei para casa, frustrado e faminto.

Paris, 9 de agosto

Enquanto a manhã avançava, eu me lembrei subitamente de um livro que, quando criança, pedira a meu pai que me mostrasse. Era uma edição para bibliófilos da *Légende dorée* (Lenda dourada), de Jacques de Voragine, um autor do século XIII cuja obra, imensamente popular, havia coletado todos os contos e lendas, muitas vezes pouco verossímeis mas fabulosamente evocativos, sobre os santos dos tempos antigos. Essa obra, como soube mais tarde em meus cursos em Harvard, tinha sido a base de estudos de todos os artistas pintores, escultores, fabricantes de vitrais que tinham ornado durante séculos as igrejas da velha Europa. Quando criança, eu ficava absolutamente fascinado com todas as vinhetas coloridas, reproduções rutilantes de manuscritos da Idade Média, que ilustravam o exemplar de meu pai.

Cheguei à conclusão de que, no antigo centro religioso de Paris, os bispos representados sobre as igrejas deviam ser os da cidade. Buscando na *Légende dorée*, descobri que um santo parisiense caraterizava-se iconograficamente pela mesma barba largamente exibida sobre o alto do torso: o bispo São Germano.

Seria o caso de a estátua de São Germano situada no alto da Torre Saint-Jacques indicar uma outra igreja? Resolvi começar minha investigação pela Igreja Saint-Germain-l'Auxerrois. Essa igreja ficava bem defronte ao Louvre, o que me remetia mais uma vez a *O código Da Vinci*. De Carlos V até Luís XIV, ela havia sido a paróquia dos reis da França e encarava, do outro lado do Sena, o prédio da Biblioteca Mazarine, onde deveria estar um exemplar do manuscrito de Vasari. Encaminhando-me para a igreja pelas pequenas ruas atrás da praça do Châtelet, vi surgir seu campanário. Não pude reprimir um calafrio ao me lembrar que esse sino dera o sinal para o desencadeamento do massacre da Noite de São Bartolomeu, durante o qual milhares de protestantes tinham sido selvagemente executados. O interior da igreja era vasto, aberto e luminoso. Indaguei-me onde se poderia ocultar um mistério. Examinando um pouco por dentro da igreja, acabei encontrando uma nota explicativa que indicava que a igreja era dedicada a São Germano, bispo de Auxerre no século V, que não devia ser confundido com São Germano, bispo de Paris e ministro dos reis merovíngios, que dera seu nome à Igreja de Saint-Germain-des-Prés, do outro lado do Sena. Com certeza, eu estava numa pista falsa e decidi deixar a igreja. Saindo bruscamente da semi-obscuridade do pórtico, dei comigo diante da fachada do Louvre, cuja luz cintilante parecia fazer vibrar as colunas. Atravessei a Ponte das Artes e peguei a Rue de Seine, passando sob a arcada do Instituto de France. Pela Rue de l'Échaudé, uma de minhas ruelas preferidas da Paris medieval, cheguei à praça de Furstenberg e entrei na igreja de Saint-Germain pela porta lateral. Na penumbra, sentei-me num canto discreto e desdobrei a folha de papel em que escrevera a quadra decifrada do cardeal:

O alto sinal erige-se no centro de Paris,
No sinistro oriente tu o achas sem falta.
No muito velho templo, o rapace jaz,
Do cume do monte, ele voa para a costa.

Os dois primeiros versos pareceram-me agora perfeitamente claros, e no entanto eu ainda não conseguia dar um sentido a esse "rapace" num "velho templo", e ainda menos à última linha. Cuidadosamente, dobrei o papel e lancei-me a uma exploração da igreja à qual, embora tenha nascido na região, eu nunca dera muita atenção. A nave romana desaparecia sob uma espessa decoração do século XIX com personagens sem vida nem relevo. A luz mortiça da nave ganhava mais vida um pouco além pelo brilho azul-escuro dos raros vitrais originais. Dei uma volta por ali, detalhando uma a uma as capelas que me pareceram em péssimo estado.

Voltando ao transepto, dei com uma interessante apresentação que contava com muitas ilustrações as histórias da Abadia de Saint-Germain-des-Prés e de sua igreja. Era uma história apaixonante: a igreja, fundada em 542 por Childeberto, filho de Clóvis, o primeiro rei da França, era a segunda mais antiga basílica erguida em Paris. Tinha servido durante vários séculos de necrópole e de igreja dinástica à família real merovíngia. A descoberta dessa informação provocou-me vertigem; voltei a pensar imediatamente na observação de Lucien Sauval sobre O *código Da Vinci*: "Muitas vezes, a melhor maneira de ocultar uma informação é ficar o mais perto possível da verdade."

Dan Brown afirmava em seu romance que Jesus Cristo tinha tido uma descendência com Maria Madalena e que essa descendência sagrada tornara-se a dinastia merovíngia. E ali, perseguindo minha própria pista, fui parar pela igreja que guardava os seus túmulos. A descendência de Cristo, seria mesmo verdade? Afinal, o que Lucien Sauval quisera me indicar? Queria me fazer compreender que essa parte de O *código Da Vinci* encerrava uma pista séria? Dei outra volta pela igreja, procurando minuciosamente os túmulos em questão. Para minha grande decepção, foi impossível encontrá-los. Resolvi procurar um padre para perguntar e cheguei finalmente a uma espécie de sacristia onde uma senhora de idade, de aspecto calmo e antiquado, vendia alguns velhos cartões-postais. Ela me deu a informação com amabilidade. As pedras tumulares dos merovíngios tinham sido destruídas durante os assaltos revolucionários, mas os túmulos ainda existiam no subsolo do coro, onde se esperava para muito em breve uma escavação científica. Logo depois, voltando na direção do coro, descobri um intrigante alçapão que parecia proteger uma escada que descia sob o chão. Era a entrada da necrópole? O local era visível de qualquer lugar. Eu não sentia coragem de arriscar outra vez uma aventura tão rocambolesca quanto a da cripta de Saint-Denis. Com os olhos postos no alçapão, lembrei-me das frases do enigma: "No muito velho templo, o rapace jaz." "Muito velho templo" parecia corresponder à Igreja de Saint-Germain, a mais antiga de Paris ainda de pé. Mas o que podia ser esse "rapace" que "jaz"? "Jazer" tinha talvez relação com um túmulo e eu me encontrava justamente em cima dos corpos dos merovíngios. Muitos entre eles tiveram vidas bem pouco edificantes para serem supostos descendentes de Cristo, mas daí a qualificá-los de rapaces... Desapontado, deixei a igreja e fui relaxar um pouco no Café des Deux Magots.

A manhã chegava ao fim, e os turistas começavam a se sentar para almoçar no grande terraço coberto de toldos. Numa mesa à minha esquerda reparei em duas jovens escandinavas que consultavam um mapa da capital. Louras e esportivas, lembravam duas valquírias em busca de almas terrestres para levar para o seu paraíso guerreiro. A da esquerda usava tranças, *jeans* e uma imaculada camiseta branca; sua amiga exibia uma bela camisa estampada de algodão que mal ocultava seus generosos seios. Enquanto eu as observava com o canto do olho, elas conversavam em sua estranha fala nórdica. Fingindo querer consultar o mapa de Paris, dirigi-lhes a palavra em inglês, e, um momento mais tarde, conversávamos. Eram realmente duas irmãs originárias da Jutlândia em férias de verão. Muito organizadas e metódicas, tinham já visitado a metade da Europa em duas semanas e voltariam naquela noite de avião para Copenhague. Nada feito, pensei comigo, tentando dissimular minha decepção. A de tranças perguntou se eu podia lhes mostrar o mais belo recanto do bairro. "É o meu apartamento, fica a dois passos daqui", pensei um instante em responder. Mas, prudentemente, contentei-me em indicar no mapa os outros monumentos de visita obrigatória antes do término de sua temporada em Paris. Enquanto eu fazia uma anotação no mapa delas, veio-me à cabeça examinar precisamente por onde passava a linha meridiana que desempenha um papel tão importante no romance de Dan Brown. Ela atravessava efetivamente o bairro, mas, ao contrário das alegações de Brown, não passava sobre Saint-Sulpice nem, apesar da breve esperança que tomara conta de mim, sobre Saint-Germain-des-Prés. Em compensação, quando risquei a linha para o norte, surpreendi-me ao constatar que a linha meridiana cortava exatamente a Biblioteca Mazarine. Lucien Sauval não me revelara que a insistência de Dan Brown sobre o meridiano de Paris dava realmente indicações sobre o Graal? E, de fato, o livro de Vasari ficara oculto durante séculos na linha da meridiana. Percebi subitamente que me deixara levar por minhas reflexões; resolvi devolver o mapa e me despedi de minhas duas dinamarquesas. Por desencargo de consciência, dei uma volta em

Saint-Sulpice. Tornei a subir a Rue des Canettes, passei ao lado do café de la Mairie, que sempre foi para mim um dos mais agradáveis de Paris, com sua vista de três quartos sobre a fachada de Saint-Sulpice. Uma vez no interior da igreja, dei uma olhada rápida na linha de cobre e na pirâmide, mas, julgando que isso não seria de muita valia, voltei para Saint-Germain-des-Prés.

Novamente dentro de Saint-Germain, eu me sentei num banco desconfortável e refleti pela enésima vez nos termos do enigma. Não me ocorria nada. A quarta linha não despertava a menor idéia em meu espírito, mas a terceira, "No muito velho templo, o rapace jaz", indicava certamente uma localização na igreja em que me encontrava. E se "rapace" não me dizia nada, o verbo "jazer" só podia indicar um túmulo, uma estátua funerária ou uma efígie em posição deitada. Como os túmulos dos merovíngios estavam invisíveis havia mais de dois séculos, julguei que a quadra do cardeal não podia ser mais antiga, e devia designar alguma coisa ainda visível na igreja. Pela terceira vez nesse dia, empreendi uma exploração sistemática da abadia. Nesse ritmo, eu logo poderia encarar uma carreira de guia turístico em Saint-Germain-des-Prés. Examinando os túmulos, esculturas, jacentes e epitáfios que se alinhavam no contorno da igreja, não vi inicialmente nada que pudesse corresponder aos versos do poema. Intrigado pela descoberta de que René Descartes, o filósofo do *cogito*, repousava na capela Saint-Benoît, passei um instante decifrando seu epitáfio, fazendo uso de minhas noções de latim. Foi então que minha atenção se viu atraída por um epitáfio vizinho, na mesma capela, à direita do coro. A fina placa de mármore negro fixada contra a parede trazia uma inscrição gravada cuja douradura já se gastara em alguns lugares.

MEMORIAE
D • BERNARDI • DE • MONTFAVCON
NOBILIS • PRIMVM • IN • MILITIA • VIRI
TVM • SAECVLARIVM • RERVM
TAEDIO
PRESBYTERI • MONACHI
INDEQVE
ACADEMIAE • INSCRIPTIONVM
HVMANIORVMQ • LITTERARVM • SOCII
IN • CONQVIRENDIS • ILLVSTRANDIS
EDENDIS • CVIVSCVNQUE • GENERIS
PRIORVM • AETATVM • MONVMENTIS
DE • OMNI • ANTIQVITATE
TAM • SACRA • QVAM • PROFANA
OPTIME • MERITI
ARTIS • CRITICAE
ARBITRI • PRVDENTISSIMI
PRAESERTIM
IN • PALAELOGRAPHICA • GRAECA

Tratava-se da placa funerária de Dom Bernard de Montfaucon, um erudito beneditino do século XVIII, cujo nome era-me vagamente familiar. Mas não foi a recordação distraída dos meus cursos de história da arte que me fizeram prestar atenção no nome do personagem que ela homenageava: Bernard de Montfaucon. Montfaucon, era ele o rapace que eu procurava!

Tirei do bolso meu bloco de anotações, ajoelhei-me no chão da capela e copiei fervorosamente a inscrição. Munido desse precioso tesouro, voltei ao apartamento.

Consultei na *Grande Encyclopédie* o artigo sobre Montfaucon esperando encontrar alguma informação ali. Monge beneditino, especialista em Igreja do Oriente, ele falava fluentemente o grego e empreendeu durante três anos uma viagem de estudos à Itália, onde lhe foram abertas as partes mais reservadas das principais bibliotecas. Havia sem dúvida subido numerosas vezes a escada de Michelangelo que dá acesso à Laurenciana. Era surpreendente ver como todas as pistas se cruzavam e recruzavam sem parar. Dei-me conta igualmente do motivo por que seu nome me era familiar; eu o havia encontrado à margem de minhas pesquisas na época da aventura em Saint-Denis, dois meses antes. Montfaucon tinha publicado uma obra em cinco volumes sobre os monumentos antigos da França, dos quais muitos desapareceram. A obra, que é ainda a principal fonte de informações dos historiadores nesse tema, deu o que sonhar a gerações de amantes do simbólico e do misterioso. Por mais interessante que tudo isso pudesse parecer, pressenti que não era nesses elementos de biografia que eu encontraria o que procurava, e resolvi me concentrar no estudo da pedra tumular. Munido de um dicionário de latim que pertencera a meu pai, tentei traduzi-la para o francês. Mas ela não fazia outra coisa senão reproduzir os principais dados da vida de Bernard de Montfaucon. O sentido literal não levava a lugar algum, e, conhecendo já os hábitos dos Passadores, concluí que a pedra tumular encerrava uma charada ou um código.

Tentei encontrar um sentido oculto nas diferentes palavras do texto latino, mas, depois de umas poucas palavras com Hugo ao telefone, concluí que as inscrições da placa tumular deviam certamente ser decifradas ao mesmo tempo que o enigma do cardeal, ou pelo menos de sua quarta linha, da qual eu ainda não havia tirado nada.

No muito velho templo, o rapace jaz,
Do cume do monte, ele voa para a costa.

Paris, 16 de agosto

Transcorrera uma semana desde a descoberta da placa de Montfaucon e eu não havia obtido nenhum resultado, sequer o menor fiapo de pista. Embora a leitura completa dos livros de criptografia de Hugo me tivesse tornado menos ignorante em codificação/decodificação, continuava desesperadamente bloqueado nesse assunto. Era preciso retomar todos os elementos já em minha posse, esperando que uma luz se acendesse em plenas trevas.

Afinal, valeria a pena toda essa história? Deixara minha tese para lá, passava um tempo insano resolvendo charadas, estava gastando dinheiro demais, e tudo isso para quê? Não estaria me arriscando a jogar no lixo todo um ano letivo?

Normandia, 18 de agosto

Pobre Hugo! Foi um irmão cheio de cansaço e desânimo que ele teve de receber ontem na estação de Honfleur. Esses últimos dias haviam sido de provações; eu mal comia e quase não dormia, tudo por causa dessa busca desatinada do manuscrito de Vasari. Eu tinha quase certeza de que a solução estava no enigma do cardeal, que permitiria decodificar o epitáfio de Bernard de Montfaucon. Apesar de todos os meus esforços, não dava um passo adiante. Em desespero, apanhei o trem para a Normandia. Como de hábito, Hugo mostrou-se disponível e atencioso; tentaríamos decifrar juntos a última passagem do enigma.

Instalados na sacada da pensão onde Hugo vivia com seus amigos, ficamos um longo momento apreciando o mar. Um céu cheio de flocos de nuvens encimava a Mancha, sobre a qual desenhava-se um infinidade de dobras. Diante de nós, pequenas velas brancas parecidas com bandeiras flutuando ao vento animavam o estuário do Sena. Sentado numa poltrona, Hugo estendia suas longas pernas e passou uma das mãos pelos cabelos cacheados. Sua pele bronzeada ressaltava o brilho dos seus olhos azuis. Em comparação, eu devia estar com um ar doentio. Tinha passado a maioria desses últimos meses entre bibliotecas e museus. Depois de um breve suspiro, tirei do bolso as duas folhas de papel que traziam o enigma do cardeal Di San Giovanni e a inscrição da pedra tumular. Estendi-as sobre a mesa baixa, servindo-me de pequenas pedras para prendêlas. Após um longo momento, meu irmão rompeu o silêncio:

— Ouça, Seth, examinei à exaustão esta inscrição, e, a meu ver, não há muita coisa a ser tirada daí. Ela está certamente destinada a guiá-lo no sentido de algo, embora a peça maior me pareça ser o enigma do cardeal. Você sabe, o latim não é o meu forte, mas mesmo assim chego a entender mais ou menos este epitáfio; decididamente, ele não tem nada de excitante. Sabe quando esta pedra tumular foi gravada?

— Fui atrás disso na semana passada — respondi. — Ela foi colocada em 1819, quando a igreja sofreu algumas reformas e os restos de Descartes, Mabillon e Montfaucon foram transportados para a igreja. Não consigo imaginar os Passadores dando um jeito de gravar uma inscrição à vista de todo mundo, em tais circunstâncias.

— Tem razão. Acho que os Passadores usaram uma inscrição preexistente para codificar habilmente uma outra mensagem.

— Não vejo como se poderia fazer algo parecido sem modificar a inscrição.

— Não, claro que é possível, desde que se conheça uma chave externa para saber que elementos do epitáfio devem ser considerados. Isso significa que precisamos encontrar uma indicação suplementar, um código, se você preferir, para decifrar o epitáfio.

— Não sei se o soneto foi escrito pelo cardeal; ele poderia muito bem ser antigo e ter servido para guiar outras pessoas além de mim.

— É provável, Seth. No entanto, o poema do cardeal não deve ser mais velho do que 1819; ele não pode ser mais antigo que o epitáfio.

— Nisso você tem toda razão, Hugo.

— Na minha opinião, a quarta linha do soneto deve servir para decifrar o epitáfio.

— O que pensa tirar de "Do cume do monte, ele voa para a costa"?

— As palavras "cume", "monte" e "costa" têm significações próximas, não é?

— Sim, mas para que isso poderia nos servir? É uma indicação topográfica? Indica a localização de alguma coisa? Aqui, nós buscamos decodificar uma inscrição. Não vejo a relação com voar de uma colina a outra.

— O problema — refletiu Hugo em voz alta — é que não vejo como esse rapace pode ao mesmo tempo "jazer", ou seja, ficar estendido, e voar para algum lugar.

— O "rapace" designa Montfaucon; que está claramente "estendido" no subsolo de Saint-Germain-des-Prés a esta hora.

— Não! — disse Hugo, despertando para uma idéia repentina. — O "ele" que "voa para a costa" não é Montfaucon, é você, meu velho! E a "costa" deve simbolizar o lugar aonde você precisará ir depois de decifrar o epitáfio.

— Eu me pergunto qual pode ser esse "monte" cujo "cume" serve de ponto de partida.

— Olhe, nosso herói chama-se Montfaucon. Para mim, "o monte" na quarta linha representa também alguma coisa em relação com monte Faucon. Certamente devemos ler: "Do cume do monte Faucon." Se, como acredito, Montfaucon representa seu epitáfio, "do cume do monte" quer dizer que o segredo está escondido na parte alta do epitáfio ou a partir do alto do epitáfio. Sim, com toda a certeza é isso — disse Hugo, entusiasmado. — É preciso escolher elementos segundo uma certa lógica partindo do alto do epitáfio. Muitas cifras funcionam assim. Por exemplo, considerar uma letra a cada cinco letras, ou então com intervalos crescentes, saltando três letras da primeira vez, quatro da vez seguinte, cinco letras em seguida.

— Acha mesmo? É uma idéia meio louca, não?

— Ouça, Seth, penso que há chances de que seja esse o sistema. Agora, seria preciso encontrar a chave. Das duas, uma, ou falta ainda uma fonte de informação, ou o código deve estar oculto na quarta linha. Já que isso começa por "Do cume", ou seja, *desde* o "cume", há chances de que "cume" seja ao mesmo tempo a chave e uma indicação sobre o que estamos procurando. Não esqueça de que é a única palavra da quadra que não foi utilizada!

— É interessante como teoria. Não tinha pensado nisso.

— A única outra solução possível é utilizar uma das outras palavras no alto do epitáfio como "MEMORIAE", "BERNARDI" ou "MONTFAVCON".

Hugo examinou outra vez o poema e acrescentou:

— "MEMORIAE" quer dizer *memória*. Isso poderia ser uma palavra ideal para servir de chave, não?

— Tudo isso é muito complexo, os Passadores não procuram nos dispersar, mas sim guiar aqueles que lhes pareçam dignos, e assim foram as palavras do cardeal e de Lucien Sauval. Eu interpretaria "do cume do monte" da seguinte maneira: graças a "cume", a palavra-chave, pode-se ler, a pedra tumular de Montfaucon, o monte, a fim de ir ao objetivo: voar para a costa.

— Concordo, o "cume" é certamente a palavra-chave que procuramos, e o epitáfio a "fechadura" em que a devemos enfiar e girar.

— Você me disse que o mistério unificava o Graal, a alquimia, o neoplatonismo. Nunca fui muito atento em meus cursos de filosofia, mas me lembro de ter ouvido que os neoplatônicos eram aficionados por numerologia. Um de meus professores de matemática nos explicou como o próprio Platão retomou as especulações de Pitágoras sobre os números. Por que não interpretar a palavra "sommet" (cume) como uma charada numerológica?

— Acredita mesmo nisso? — perguntei com ceticismo.

— Consegue ver outra solução? — perguntou Hugo, levantando os olhos para mim.

— Claro que não.

— Vamos buscar o número que corresponde a "sommet" (cume). S é a 19ª letra do alfabeto. A letra O representa 15. M, 13. A letra E, 5, e, enfim, T representa o número 20. Portanto, SOMMET = 19+15+13+ 13+5+20 = 85. 8+5 = 13, 3+1 = 4. Segundo a abordagem numerológica, o número de "sommet" é quatro... É absurdo, isso nos levaria à quarta palavra do epitáfio que é... "DE". Ou seja, nada!

— Consigo ver uma outra solução — arrisquei, apoiando-me, entretanto, no próprio raciocínio de Hugo. — Por que a letra S não representaria a inicial da 19ª letra do epitáfio, ao passo que o O, a 15ª, e assim por diante... O que é que isso dá?

— Espere um minuto — disse Hugo.

Ele pegou uma folha de papel e escreveu desta forma as palavras:

INSCRIPTIONVM
PRESBYTERI
RERUM
RERUM
MONTFAVCON
HVMANIORVMQ

— Certamente é isso — murmurou Hugo. — O próprio fato de aparecer Montfaucon é uma indicação.

— Eu continuo sem entender! — disse eu. — I-P-R-R-M-H não é uma palavra francesa, nem mesmo moldo-valáquia!

— E se traduzirmos as palavras?

— Isso dá algo como "inscrições, o padre, coisas, coisas, Montfaucon, humanismo". Uma bela dor de cabeça, Hugo.

Hugo amassou raivosamente a folha e levantou-se:

— Vamos tomar um pouco de ar, isso bloqueia muito. É inútil continuar. Nós vamos acabar brigando.

Um pouco mais tarde, estávamos jantando no restaurante com os amigos de Hugo. Eu conhecia alguns deles da época em que éramos adolescentes. Havia três rapazes da mesma idade que nós, relaxados e brincalhões, e duas garotas muito bonitas, de pele bronzeada. Minha partida para os Estados Unidos e depois para a Itália, para dar continuidade aos meus estudos de arte, me afastaram dessa alegre turma conhecida na época do ensino médio. A refeição foi um agradável momento depois da intensa pesquisa da tarde, e, depois de um acordo tácito, Hugo e eu fomos dormir sem voltar a falar do código de Montfaucon.

Normandia, 19 de agosto

Sem a menor idéia de como decifrar o código, Hugo e eu decidimos partir para um longo passeio nas colinas que se debruçavam sobre o mar. Era um dia ensolarado, com alguma brisa, evocando uma pintura de Claude Monet. Eu me sentia feliz, simplesmente pelo fato de poder compartilhar essa fabulosa aventura com meu irmão caçula. No início, a conversa foi sobre um amontoado de assuntos, embora meus pensamentos não parassem de voltar ao mistério contido na pedra tumular. Após um momento, Hugo se deteve e me perguntou:

— Mas o que você procura exatamente decifrando essa inscrição?

— Você sabe muito bem: o manuscrito de Giorgio Vasari, e mais particularmente as anotações sobre Leonardo da Vinci que ele poderia conter. Claro, o objetivo último é o Graal, mas, pelo que aprendi dos Passadores, é a leitura desse manuscrito que me permitirá chegar aonde quero.

— E por que o enigma do cardeal não faz nenhuma alusão ao Graal, a Leonardo ou mesmo ao manuscrito?

Fiquei um longo tempo sem responder. O último verso dava voltas em minha cabeça: "Do cume do monte, ele voa para a costa... Do cume do monte, ele voa para a costa..."

Quando eu contemplava os reflexos da água do mar ao longe, a solução surgiu subitamente na minha frente. Olhei a costa, a beira do mar. Eu tinha até ali considerado que a palavra "costa", assim como as palavras "cume" e "monte", designavam uma altura. Olhando o litoral normando, percebi de repente que essa palavra podia ter vários sentidos. Eu tinha a resposta à questão de meu irmão: a cota ("cote", sem o acento circunflexo de "côte" [costa]) é também a referência sob a qual um livro é classificado numa biblioteca.

Fui logo explicar minha descoberta a Hugo:

— "Do cume do monte, ele voa para a cota." Isso quer dizer: graças à palavra-chave "sommet" [cume], nós podemos decifrar no epitáfio de "Mont"-faucon, a "cota" que indica onde encontrar *Leonardo e l'Alchimia*!

— Seth, você agora deu um *show*!

— I-P-R-R-M-H não é sânscrito e deve ser lido: Ipr-Rmh. É uma forma comum de cota de livro numa biblioteca. A cota em que os Passadores colocaram o manuscrito para escondê-lo do olhar atento tanto da Congregação Cinza quanto da Ordem da Primazia. Uma cota à qual não corresponde nenhuma ficha no catálogo. O esconderijo perfeito!

— É incrível! Mas espere um minuto, Seth, você tem idéia da biblioteca onde deve procurar?

— Ah, sim, Hugo, tenho muito mais do que uma idéia.

Paris, 20 de agosto

Por volta de 8h30 saí da casa de minha mãe no Quartier Latin e, seguindo o cais do Sena, cheguei à Biblioteca Mazarine alguns instantes antes de abrir. As duas alas do Institut de France estendiam-se como dois braços de pedra prestes a acolher os transeuntes que passeavam na Ponte das Artes. O domo barroco de ornamentos dourados me fazia lembrar cúpulas da

Cidade Eterna que o haviam visivelmente inspirado. Cruzei o pórtico e atravessei o pátio em diagonal. Já dentro da sala dos catálogos, aproximei-me do bibliotecário jovial, que não me reconheceu.

— Por favor, senhor. Talvez considere meu pedido curioso, mas procuro um livro do qual só tenho a cota. Perdi as outras referências entre os meus papéis.

— Não acho que isso seja um problema — respondeu ele com seu inimitável sotaque do sudoeste. — Escreva sua cota neste papel.

Ele digitou no teclado do seu computador, logo levantou a cabeça e declarou:

— Em todo caso, não se trata de uma obra que se encontre atualizada na parte informatizada de nosso catálogo.

O bibliotecário usou um telefone interno para chamar o pessoal do acervo:

— Alô, Gérard, pode mandar subir a cota Ipr-Rmh? Não, não tenho o título nem o nome do autor... Tudo bem.

Desligou, dizendo para mim:

— Está tudo em ordem. Vá sentar-se na grande sala, na mesa de canto próximo às janelas que dão para o Sena. Assim que me trouxerem a obra, eu a levarei até o senhor.

A grande sala de leitura parecia deserta, exceto pela presença das estátuas de bronze que ornavam os espaços entre as vigas. Esperei com paciência cerca de meia hora, deixando-me pouco a pouco invadir pela atmosfera solene do lugar. Eu estava impressionado com a idéia que dentro em pouco ia pousar meus olhos sobre uma obra que, bem mais do que um simples mistério, continha indicações fabulosas sobre o destino da humanidade. Levantei-me e perambulei pela longa sala para acalmar minha impaciência. Contemplando o rio que corria lá embaixo, meus olhos deram com o jardim do Vert-Galant, que forma a ponta a jusante da Ilha de la Cité. Foi ali que em 1314 Filipe, o Belo, mandou queimar vivo Jacques de Molay, o último grande mestre da Ordem do Templo. Quando eu ia pôr meus olhos sobre a obra que, esperava, poderia me informar sobre a natureza exata do Graal, estava feliz em deixar meu espírito vagabundar em torno da prodigiosa aventura dos cavaleiros do Templo. Dan Brown estaria certo ao afirmar que eles tinham tido um papel na preservação do Graal ou em seu traslado para o Ocidente? Em todo caso, admirava-me ver como cada um dos locais de minha cidade natal era carregado de história. Voltei para o lugar onde estive sentado e me esforcei por não perder a paciência. Um instante depois, um funcionário de camisa cinza colocou diante de mim um *in-quarto* de marroquim. A capa da encadernação estava ornada com o brasão de feixes de lictor encimado por um chapéu cardinalício. Isso mostrava que a obra tinha sido propriedade pessoal do cardeal Mazarin. O dorso da obra trazia gravado a ferro as letras GV — sem dúvida, as iniciais de Giorgio Vasari —, mas nenhuma outra indicação, a não ser a etiqueta colada sobre o couro, onde exibiam-se as letras "Ipr-Rmh". Tomei a obra entre as mãos, abri a encadernação e examinei a primeira página. Não havia nenhum título, mas o texto manuscrito em italiano mencionava o nome de Leonardo desde a terceira linha. A obra tinha mais ou menos 150 páginas, e a última terminava num colofão do escriba que observava ter escrito a obra sob o ditado de seu mestre: Giorgio Vasari.

Instalei-me confortavelmente em meu assento e comecei o que seriam as horas de leitura mais apaixonantes de toda a minha existência.

Vasari era de fato muito jovem para ter tido contato direto com Leonardo. No entanto, ele pudera obter as confidências de Salaï, o amigo íntimo de Leonardo e um de seus herdeiros. É verdade que Leonardo legara o essencial de seus manuscritos a seu discípulo Francesco Melzi, em casa de quem Vasari pudera vê-los por volta de 1570. Mas, ainda em vida, Leonardo tinha dado outros escritos a outras pessoas. Não estava claramente estabelecido se o manuscrito em posse de Salaï fora uma doação "espontânea" de Leonardo ou se era devido aos talentos pessoais de Salaï, cuja honestidade sempre foi posta em dúvida.

O manuscrito de Salaï reunia os trabalhos de Leonardo sobre a alquimia, mas continha coisas bem mais extraordinárias. Ele explicava a identidade do Graal com a Pedra Filosofal e contava como esta tinha sido inicialmente produzida. Leonardo fazia acompanhar seu relato de citações de manuscritos já desaparecidos, mas que datavam do início de nossa era. Giorgio Vasari, fiel ao método que empregara em *Vidas*, redigiu *Leonardo e l'Alchimia* a partir do conjunto de suas fontes, decifrando penosamente a escrita especular de Leonardo, mantendo o manuscrito na frente de um espelho. Vou tentar traduzir e resumir o essencial do que pude entender. O italiano um pouco arcaico de Vasari não foi inteiramente compreensível para mim.

"Jerusalém. Por volta do meio-dia, na sexta-feira 28 de abril de 783 da era romana, Jesus de Nazaré foi posto na cruz pelos soldados romanos sob a acusação de sedição contra a autoridade. A cruz fora erguida sobre um montículo rochoso pouco elevado situado imediatamente fora de uma das principais portas de acesso à cidade. Este suplício atroz representava o modo de execução dos rebeldes e dos sediciosos.

"Quase todos os homens discípulos de Jesus fugiram, temendo por sua própria vida. A uma distância respeitosa do crucificado e dos soldados romanos, algumas mulheres cercam a mãe de Jesus. Em seu tormento, Maria é amparada por João, um homem ainda jovem, o discípulo preferido do mestre. O único que não fugiu. Por volta das 3h da tarde, Jesus soltou seu último suspiro.

"Começou então uma corrida contra o relógio. Estava-se no dia da preparação, ou seja, véspera do sabá, e este ia ter início no momento do aparecimento da primeira estrela, por volta das 18h. A visão de um cadáver nu e ensangüentado, deplorável para quem quer que fosse, representaria uma pavorosa impureza no próprio instante de início do sabá.

"Mas nem os judeus piedosos nem a família ou os discípulos de Jesus podiam fazer qualquer coisa: o cadáver era propriedade da autoridade romana. Foi então que um notável judeu chamado José de Arimatéia, que tinha como particularidade ser ao mesmo tempo um simpatizante de Jesus de Nazaré, uma das mais altas autoridades judaicas e alguém a quem os próprios romanos escutavam, partiu em busca do prefeito do pretório: Pôncio Pilatos, que foi convencido por ele de que seria inconveniente, nesse período de Páscoa, chocar a população judia, deixando o cadáver de Jesus pendurado na cruz durante todo o decorrer do sabá. Temendo despertar a comoção pública, Pilatos ordenou a seus legionários que devolvessem o cadáver aos familiares de Jesus.

"Deixando o palácio de Pilatos, José de Arimatéia foi comprar uma mortalha do linho mais puro, partindo em seguida para o calvário. Nesse momento, os soldados romanos tinham já arrancado do chão o madeiro e esforçavam-se por lhe tirar os pregos. Mas a escuridão aproximava-se e o tempo era curto. Assim, quando se revelou difícil tirar o único prego que atravessava os pés do cadáver, José resolveu que levaria o corpo assim mesmo, com o prego ainda fixado nos pés. Era melhor dar-lhe uma sepultura provisória. Depois que o sabá passasse, haveria tempo de proceder a um tratamento funerário e ao embalsamamento.

"Envolto na mortalha, o corpo foi colocado dentro de um túmulo novo, aberto no promontório onde se erigira a cruz. José de Arimatéia, João, Nicodemos e alguns outros rolaram a pesada pedra para bloquear a entrada da caverna funerária. Depois, com a alma dilacerada pela morte do mestre, eles partiram para comparecer ao sabá.

"Na manhã de domingo, assim que o dia surgiu, Maria Madalena e outras duas mulheres foram ao túmulo para proceder ao tratamento funerário. Mas encontraram a pedra fora de lugar, o túmulo vazio e repleto de uma grande luz. Apavoradas, elas fugiram para a cidade. Maria Madalena foi ter com Pedro e João, persuadida de que o corpo havia sido roubado por pessoas hostis ao galileu. Os dois discípulos correram até o túmulo. Pedro, mais velho, logo perdeu o fôlego, e João chegou na frente dele. Ele se inclinou na abertura do buraco e percebeu, pousada sobre o leito funerário, a mortalha e... o prego que estivera fincado nos pés de Jesus. Sem realmente dar-se conta, João estendeu a mão para o objeto e colocou-o no bolso antes que Pedro chegasse perto..."

O manuscrito de Vasari continha outros excertos dos cadernos de anotações de Leonardo, onde este recopiara explicações antiqüíssimas sobre a natureza e a história do prego e da mortalha.

"Na véspera de seu suplício, graças à aplicação assídua das práticas de sabedoria aprendidas junto a seus mestres durante os longos anos de sua vida secreta, Cristo tinha quase consumado seu processo de divinização — o desenvolvimento completo, tanto no espírito como na carne, das fabulosas potencialidades que a natureza profunda de cada ser possui. Sua morte violenta tinha então desencadeado o processo de transmutação de seu corpo. Essa transformação representava uma incrível liberação de energia com efeitos tanto materiais como espirituais. O clarão da transmutação tinha impresso a imagem do crucificado na própria textura de sua mortalha. Quanto ao prego, de natureza sólida e metálica, tinha completamente mudado de natureza. Sem que ninguém quisesse, pelo simples acaso das circunstâncias que tinham obrigado a um enterro às pressas com o prego ainda nele, este último havia, por simbiose, sofrido uma mutação completa. Da mesma maneira que um ímã é capaz de transformar um pedaço de ferro em outro ímã, o processo que o corpo do crucificado sofrera tinha transmitido e imprimido seu poder de transmutação na própria estrutura desse banal pedaço de ferro. Enquanto todos os adeptos da antiga alquimia esforçavam-se através da Grande Obra para produzir a Pedra Filosofal, a transmutação do corpo de Cristo em pura luminosidade havia criado uma substância gloriosa espontaneamente formada; e devido a sua natureza espontânea, não produzida, essa Pedra Filosofal era de eficácia única."

À medida que eu prosseguia em minha leitura, não deixava de me espantar com a natureza e o destino do Graal. Leonardo da Vinci, por intermédio de Vasari, explicava em seguida as fabulosas conseqüências acarretadas pela transmutação de Cristo em luz.

"Pedro, por sua vez, conservou a mortalha. Se, devido a sua natureza não metálica, essa última não tinha sofrido a mesma transformação que o prego, havia no entanto sido marcada de modo indelével como uma testemunha da realidade do processo de transmutação. Levada para Antioquia, ela passou de lá a Edessa, onde ficou até o começo do século X. Os imperadores de Constantinopla conseguiram obtê-la e fizeram dela a mais importante relíquia de sua capela particular. Roubada por um cruzado anônimo quando da pilhagem de Constantinopla em 1204, ela chegou à França e, depois de muitas peripécias, tornou-se propriedade dos duques de Savóia. Eles transportaram a mortalha em seguida para Turim, sua nova capital, onde permanece conservada sob o nome de santo sudário.

"Quanto ao prego sagrado, ele representava um potencial extraordinário. Dotado de poderes fora do comum, Cristo tinha alcançado sua divinização graças a uma ascese exemplar perseguida durante longos anos. Por acaso, um acaso não reprodutível, esse potencial se comunicou a um objeto. E esse objeto dispunha da capacidade de transmitir suas qualidades para o resto da humanidade. Sem que lhes fosse necessário manifestar as mesmas qualidades individuais nem comprometer-se numa ascese tão árdua, os homens poderiam atualizar sua natureza profunda.

"É possível que João não tenha compreendido o pleno potencial que o prego representava. Entretanto, ele o conservou com o maior cuidado, transmitindo-o à cadeia dos seus sucessores e discípulos. Pouco a pouco, alguns começaram a compreender a maneira como o prego podia ser utilizado para desencadear o processo de divinização e aplicaram-no a si mesmos. Para proteger com total segurança um objeto tão precioso, ele foi desde então transmitido na clandestinidade. Mas, através das cidades costeiras do Mediterrâneo e os planaltos batidos pelos ventos da Ásia Menor, um rumor começou a tomar corpo. Em alguma parte, num local sagrado, existia uma substância ligada a Cristo dotada de um poder sem igual; logo deram um nome a esse misterioso objeto: o Graal...

"Pouca gente sabia do que realmente se tratava, mas a esperança e o sonho — duas das grandes molas da humanidade — atribuíram-lhe pouco a pouco uma personalidade cujos traços lendários eram conhecidos de todos.

"Alguns séculos mais tarde, o islã expandiu-se como um rastilho de pólvora através do velho Oriente. Embora durante um ou dois séculos os novos conquistadores tivessem dado prova de total tolerância para com as outras religiões, a competição entre o império do califa e o Império Bizantino ocasionou uma série de conflitos destruidores. Foi durante um destes que o Graal de repente ficou perdido para os descendentes da linhagem de São João. O Graal acabou caindo, não se sabe como, nas mãos do mais célebre de todos os califas, Harun al-Raschid, aquele de que fala Sherazade nas *Mil e uma noites*.

"Precisando de aliados na guerra contra os bizantinos, Harun al-Raschid entrou em contato com o imperador Carlos Magno. Durante as conversações diplomáticas, ofereceu-lhe como paga de sua boa vontade um dos pregos da crucificação. Ele acabava de oferecer-lhe o Graal, mas tanto o imperador quanto o califa ignoravam isso. No momento da perda do Graal pelos herdeiros de João, a cadeia iniciática tinha sido rompida.

"O Graal foi inicialmente depositado em Aix-la-Chapelle, a residência predileta do velho imperador. Cerca de 50 anos depois, seu neto, Carlos, o Calvo, ofereceu-o à Abadia de Saint-Denis, a mais importante do reino e a sede da força de proteção hereditária dos francos e dos gauleses."

Logo compreendi as referências ao tesouro de Saint-Denis que o primeiro enigma de Lucien Sauval continha. O enigma insistia sobre o elo com a linha meridiana mencionada por Dan Brown. O Graal sem dúvida se encontrava aí, mas nove quilômetros mais ao norte! Saint-Denis não era uma pista falsa; eu é que não soubera compreender para onde devia olhar.

"A partir do século IX, o Graal encontrava-se portanto na França, no tesouro da Basílica de Saint-Denis, visível por todos quando das festas solenes. No entanto, o conhecimento de sua verdadeira natureza tinha desaparecido ao mesmo tempo que a tradição iniciática. O prego era considerado com grande reverência, como um testemunho sagrado da vida de Cristo, mas a Igreja oficial transformara-o em um simples objeto de adoração. O incrível potencial que ele encerrava para toda a eternidade fora eclipsado...

"Na mesma época, entretanto, o traço lendário que a presença do Graal deixara outrora no Oriente chegava à Europa e dava origem, ao longo da Idade Média, aos maravilhosos ciclos de lendas dos Cavaleiros da Távola Redonda. Neles, o Graal era descrito como um objeto de fabulosos poderes, dotado de uma natureza misteriosa. Todavia, pouco a pouco, uma nova interpretação da lenda apareceu e difundiu-se nas canções de gesta. Ela fazia do Graal a taça em que Jesus Cristo tinha celebrado a Última Ceia."

Num certo momento, os manuscritos citados por Leonardo da Vinci não diziam claramente onde nem graças a quem um ramo da cadeia iniciática ligado aos discípulos de João fincou raízes no Ocidente, num contexto não eclesiástico.

"Um grupo de personagens ligados pela amizade e pelo conhecimento, e não por relações hierárquicas, portador do prodigioso segredo, pôs-se em ação no Ocidente. Eles conheciam ao mesmo tempo a natureza e as capacidades do Graal, e sua identidade com um dos pregos da crucificação. Animados de um amor intenso pelo gênero humano, desejavam ardentemente reencontrá-lo. Sua intenção: colocar à disposição de todos os seres humanos o Graal, a fim de que cada qual possa atualizar as potencialidades divinas de sua natureza. Eles se deram um nome: os Passadores.

"Paralelamente, os últimos herdeiros da linhagem de João conseguiram estabelecer uma cabeça-de-ponte no seio da Igreja hierárquica oficial. Sem nunca realmente poder ir contra o caráter político e piramidal que essa organização tinha herdado do Império Romano, conseguiram pelo menos manter acesa uma luz, um ensinamento mais próximo da profunda espiritualidade original."

Reconheci nisso os elementos da história que me contara o cardeal Di San Giovanni nos corredores do Vaticano. Segundo Vasari, citando Leonardo:

"Os Passadores procuraram por muito tempo o Graal. A Idade Média era o tempo das relíquias que se multiplicavam ao infinito: 15 coroas de espinhos, seis túnicas de Cristo, pedaços da Cruz que davam para construir uma ponte de madeira... E, certamente, dezenas e dezenas de pregos da crucificação. Os Passadores sequer sabiam se o que era o Graal estava no Ocidente ou ainda no Oriente Próximo.

"Embora as Cruzadas tenham sido aventuras bárbaras, nem por isso deixaram de estabelecer um intercâmbio cultural e comercial entre o Ocidente e o Oriente. Os Passadores aproveitaram-se disso. Alguns de seus membros partiram para a Terra Santa, e durante décadas informaram-se para conhecer a sorte do Graal. Só tardiamente eles o conseguiram localizar com certeza. No entanto, um novo obstáculo ergueu-se sobre a estrada da glorificação da humanidade. O Graal havia se tornado propriedade da Igreja oficial, a qual, se não tinha conhecimento do seu poder, nem por isso deixaria de desejar possuí-lo."

Por volta do fim do século XV, sempre de acordo com o manuscrito de Vasari, um dos Passadores mais importantes era Leonardo da Vinci.

"Por muito tempo, no maior Grande Segredo, ele trabalhou ardorosamente na Grande Obra, tentando desenvolver uma alternativa à posse do Graal. Suas pesquisas e a de seus amigos eram objeto de discussões apaixonadas nos círculos que cercavam Cosimo e Lourenço de Médici, eles próprios muito próximos dos Passadores. E foi para eles que Cosimo encomendou a Marsílio Ficino a tradução do *Corpus Hermeticum*, o compêndio dos conhecimentos alquímicos greco-egípcios que tinham curso em Alexandria."

Depois Vasari resumiu os últimos anos de Leonardo da Vinci e as razões de sua partida para a França:

"Logo uma nova perspectiva ofereceu-se a Leonardo e aos Passadores. Os reis da França haviam descoberto em si mesmos uma paixão pela Itália e, baseados em vagos pretextos genealógicos, viram-se no dever de conquistar suas principais cidades. Ficaram maravilhados com a arte que ali descobriram e o nível da civilização que se desenvolvia no círculo dos letrados. Desejando transferir tal brilho para sua corte, o rei Francisco I procurou atrair Leonardo para a França. Com seus interesses universais, seu extraordinário gênio para inventar festas, disfarces, cenários efêmeros e, ao mesmo tempo, seus fascinantes talentos de engenheiro, Da Vinci era o protótipo perfeito do artista que uma pessoa tão ambiciosa como Francisco I desejava perto de si para que o prestígio de sua corte crescesse.

"Então, em 1515, Leonardo partiu para a França pensando que talvez pudesse obter um imenso benefício dessa posição. Um benefício em prol do conjunto da humanidade. Se conseguisse conceber uma obra de arte incomparável, uma invenção fabulosa ou um castelo como nunca se vira até então, ele talvez pudesse exigir do rei uma recompensa à altura: o prego de Saint-Denis, o Graal...

"Leonardo considerou igualmente que, se esse primeiro plano fracassasse, ele poderia utilizar seus notáveis talentos técnicos para forjar uma cópia do santo prego e trocá-la habilmente pelo original.

"Na esperança de atingir seus objetivos, Leonardo da Vinci resolveu oferecer ao rei o mais belo de seus quadros, sua criação preferida, *Monna Lisa del Giocondo*, a Gioconda."

O incrível documento de Vasari terminava aqui. Leonardo morreu na França em 1519, nos braços do rei Francisco, aparentemente sem que tivesse podido recuperar o Graal em favor dos Passadores.

Muito lentamente, fechei o volume de marroquim ainda sobressaltado pela descoberta dessa epopéia secular. Fiquei, um longo momento, imóvel e vibrante, com os olhos fixos no vazio...

Passei o fim da tarde caminhando ao longo do Sena, considerando lentamente o alcance de tudo quanto acabara de aprender. Lucien Sauval não havia me enganado com o primeiro enigma: a pista conduzia realmente a Saint-Denis, em alguma parte sobre o meridiano, ao norte de Paris. Eu não soubera compreender o sinal que ele me mostrava e me deixara fascinar por essa energia de proteção da França. Quanto ao "Tesouro muito precioso para o Humano", era evidentemente o Graal guardado durante séculos nos tesouros da Basílica de Saint-Denis.

Paris, 21 de agosto

No meio da manhã, cheguei na Basílica de Saint-Denis. A longa nave fora invadida pela luz fluida que o sol matinal fazia jorrar através dos vitrais. Embaixo, ao lado, descobri uma capela que supostamente devia conter o tesouro. Mas eram na realidade alguns despojos da decoração do funeral de Luís XVIII, de aspecto brilhante e teatral. Um funcionário dos Monumentos Históricos me explicou que o tesouro de Saint-Denis havia desaparecido em meio à tormenta revolucionária. Esse homem não sabia mais nada além disso. Era uma má notícia, mas nem por isso me dei por vencido. A digna senhora que vendia cartões-postais e livretos históricos numa das alas sabia bem mais. Alguns anos antes, ela vendera uma brochura hoje rara sobre o famoso tesouro. Segundo suas lembranças, ainda existia um certo número de peças; elas tinham sido divididas entre o Museu do Louvre e o Gabinete das Medalhas. Depois de agradecer-lhe pela informação, fui para Paris.

O santo prego, o verdadeiro Graal, não estava no Gabinete das Medalhas. Mas vi ali um indício emocionante de sua existência: a Taça de Cosroés. Este fabuloso objeto de ouro e cristal tinha pertencido a um dos últimos soberanos do Irã sassânida, e quando os exércitos persas foram vencidos pelos cada vez mais numerosos exércitos do islã, a taça recuperou seu lugar no tesouro do califa. Mais tarde, com o santo prego, ela fizera parte dos presentes de Harun al-Raschid a Carlos Magno, e, assim como o Graal, acabara por voltar ao tesouro de Saint-Denis.

Encorajado pela idéia de que, se a frágil taça de ouro e de cristal resistira aos caprichos do tempo, o prego de aço tivera a mesma sorte, andei a pé algumas centenas de metros que separam o Gabinete das Medalhas do Museu do Louvre. Levei bom tempo para conseguir informações sobre o local onde as diferentes peças do tesouro estavam expostas e para percorrer as longas galerias que conduzem até lá. Na curva de um corredor, faiscante e solitária no meio de uma vitrine, percebi de súbito a "Joyeuse", a lendária espada de Carlos Magno. Quando eu era criança, meu pai me fez sonhar muito com ela ao me contar trechos da *Chanson de Roland*, e ver de repente diante de mim essa mítica espada materializada deu-me uma sensação de puro espanto e de estranheza bem surpreendente depois de tudo o que tinha acabado de vivenciar.

Examinei atentamente cada uma das peças do tesouro, mas não havia mais traço do relicário do santo prego.

Tentei então obter algumas informações na biblioteca do museu. Sem sucesso. Desencorajado e frustrado, voltei para casa.

Bem no fim da tarde, Hugo regressou da Normandia. Mamãe sabia de sua volta e tinha resolvido organizar um verdadeiro jantar de família, o que há muito não tínhamos.

O jantar foi excelente. Mamãe se superou: fígado de ganso assado na frigideira com cogumelos. Ela havia aprendido com papai os segredos de uma boa cozinha. De comum acordo, meu irmão e eu decidimos brincar a esse respeito.

— Mamãe, você caprichou. Está delicioso, não é, Hugo?

— Sim, é verdade. Pelo menos a gente dá um tempo nos hambúrgueres.

— Vocês dois não passam de uns patifes! Levei três horas preparando isso.

— Então, como é algo estranho, a gente acaba reparando...

— Celebramos o acontecimento!

— Oh, sim, vocês dão mesmo a impressão de ter sofrido, está na cara dos dois, seus magricelas — disse ela sorrindo. — A mãe de vocês não os alimentava bem quando eram crianças?

Quanto a mim, estava encantado. Fazia três semanas que me alimentava de sanduíches e massas. Hugo tinha aberto uma garrafa de borgonha, e passamos uma noite ótima, no maior papo. Mamãe, bronzeadíssima, acabava de voltar de férias. Tinha passado três semanas com Jack na América Latina. Eu cuidadosamente havia evitado o assunto de minhas pesquisas, mas não contava com a curiosidade de meu irmão. Durante a sobremesa, ele não pôde resistir e me perguntou. Fui reticente em minhas primeiras respostas, pois realmente ainda não tinha falado de tudo isso na frente de mamãe, e temia sua reação. No entanto, ao fim de um momento, pensei comigo que, se eu estava mesmo à procura de alguma coisa que pudesse transfigurar o destino de toda a humanidade, não podia me calar diante de minha mãe e de meu irmão, as duas pessoas que me eram as mais próximas. O que eu buscava era mesmo segredo, a partir de um certo ponto de vista, mas, sob um outro ângulo, na verdade era uma herança de todos.

Hugo ficou muito animado quando expliquei a transmutação de Cristo e o traço material que esse processo tinha deixado sobre o santo sudário. Por sinal, ele lembrava-se de um artigo científico sobre o assunto.

— Segundo o artigo que li, e apesar das polêmicas sobre a idade do tecido, a formação da imagem é inexplicável de um ponto de vista científico — disse Hugo. — A mortalha não pode ser apenas obra de um falsário, pois não se trata de um objeto pintado.

— Como foi criada a imagem desse homem visivelmente barbudo, de traços alongados e olhos fechados, que todos nós identificamos com a figura de Cristo? — perguntei.

— De fato, a imagem parece formada por graus maiores e menores de chamuscamento das fibras que compunham a trama do tecido.

— Hugo, não estou entendendo nada. Pode me explicar um pouco tudo isso? — pediu mamãe.

— Uma imagem criada dessa maneira só é explicável por um desprendimento intenso, e muito breve, de calor —

explicou Hugo —, como uma espécie de clarão de energia luminosa.

— É bastante curioso que vocês estejam falando desses fenômenos, pois antigamente seu pai se interessava por esse tipo de coisa. Mas, com toda a sinceridade, eu não entendia nada. E, depois, eu me considero uma pessoa que tem os pés bem no chão. Sinto dificuldade em imaginar esses processos de transmutação luminosa.

Eu ia abrir a boca para responder, mas Hugo me tomou a palavra:

— Sabe, mamãe, quando a gente se interessa pelas mais complicadas pesquisas científicas, chegamos muitas vezes a explicações que se afastam bastante de certezas prontas. Certezas que, por fim, não passam de crenças como todas as outras.

Hugo observou um instante seu copo cheio pela metade de líquido tinto, sorriu em nossa direção e deu um gole no borgonha. Finalmente, como se nem eu nem mamãe tivéssemos nada a dizer, retomou a palavra:

— A senhora se lembra muito bem de que Albert Einstein estabeleceu que a matéria podia se transformar em energia pura. Até aqui os homens se serviram dessa idéia para fabricar bombas atômicas ou eletricidade, mas, quando ouço o que nos contou Seth, não posso deixar de pensar que tal transformação pode abrir outras perspectivas. A senhora sem dúvida sabe que há um outro ramo da física, chamado mecânica quântica, na qual os fenômenos revelam qualidades e comportamentos que variam segundo o observador científico. Chegado a esse nível, a objetividade pura não existe mais. David Bohm, um dos sábios mais importantes em mecânica quântica, explica inclusive que o universo é formado de um conjunto de ordens inflexíveis e flexíveis.

— Hugo, por favor, você sabe que tudo isso é grego para mim.

— Não se deixe intimidar pelas palavras, mamãe. Isso quer dizer que cada partícula do universo, de fato, cada átomo, contém replicado dentro dele a totalidade do universo. E que o átomo que está logo ao lado contém igualmente o universo replicado dentro dele, e é aqui que o bicho pega, inclusive o primeiro átomo de que falamos. Se achar melhor, tudo está replicado em tudo e reciprocamente. Um de meus professores de física me explicou que encontramos uma explicação similar num velho sutra budista. Se não me engano, creio que isso se chama *Avatamsaka*.

Mamãe permanecia silenciosa, em parte por sentir que não dispunha de elementos suficientes para contradizer Hugo. Por fim, ela arriscou-se a fazer uma pergunta:

— Como tudo isso confirma as explicações de Seth?

— Ora, mamãe, se o universo está replicado em cada uma das células do meu corpo, todas as informações do universo estão em mim!

— É lógico até aí.

— A conseqüência teórica é surpreendente, mas somente numa primeira abordagem: se encontrasse um meio de decodificar essa massa de informações infinitas que já se encontra em mim, eu me tornaria onisciente. O que, quero lembrá-la, é normalmente um atributo reservado a Deus.

— Mesmo assim, tudo isso parece incrível.

— Quem nos diz que não é possível, modificando de uma maneira ou de outra o funcionamento de nosso espírito, obter o resultado de que fala Seth?

— É verdade, mamãe — acrescentei. — As possibilidades do espírito humano são infinitas. Quem atualmente pode pretender definir suas fronteiras?

— Você deve estar lembrada do $E = mc^2$ de Albert Einstein, não é? Você sabe que a matéria é incondicional-transformável em energia; e que, de fato, a energia é luz. Quem nos diz, como pretendem os novos amigos de Seth, que não é possível transmutar seu próprio corpo em energia luminosa através de um método interno, de um método diferente daquele utilizado para produzir a energia atômica, mas tão poderoso quanto?

— Você falou há pouco do budismo, Hugo. Eu já li qualquer coisa sobre isso — disse mamãe depois de um instante de reflexão. — Acho que foi num livro que uma amiga me deu. Sarah. Com certeza, você se lembra dela.

— Sim, sua colega de ioga.

— Espere — disse ela, levantando-se da mesa —, acho que ele ainda está por aqui.

Mamãe saiu um instante, enquanto Hugo abria uma outra garrafa de borgonha, voltando a servir nossos copos. Ela examinou durante um longo tempo as prateleiras de várias paredes de nosso apartamento e voltou para a sala segurando uma obra intitulada *Tara, le divin au féminin*, de Bokhar Rinpotché.

— O divino ao feminino, tem certeza de que não é um livro sobre Maria Madalena? — perguntou Hugo, brincando.

— Não cheguei a ler o livro todo, mas Sarah insistiu tanto que eu ficasse com ele que de tempos em tempos dava uma folheada. Assim encontrei a passagem que mencionei ainda há pouco. Vejamos, onde pode estar... espere até que eu encontre a página... Ah, está aqui, olhe só o título, "O *sahib* com o corpo de arco-íris". O autor, um tibetano contemporâneo, contava como o seu próprio mestre, Kunu Lama, tinha sido testemunha da transformação de uma pessoa em luz no leste do Tibete. O mais surpreendente, em relação à história que Seth nos contou, é que se tratava de um ocidental: "Em meados da década de 1940, Kunu Lama achava-se no Kham, onde cumpria um retiro. Seu lugar de residência era uma casa de dois andares; ele morava no primeiro, enquanto o segundo era ocupado por um ocidental que, coisa muito rara nessa época, praticava o budismo... As pessoas da vizinhança tinham o hábito de chamar o estrangeiro de *sahib*, usando o termo respeitoso utilizado pelos indianos para com os ocidentais. Quem podia ser esse *sahib*? De onde vinha? Não sei se Kunu Lama chegou a precisar isso. Talvez fosse alguém que fugira da Índia durante a Segunda Guerra Mundial, talvez um missionário — havia alguns no Kham — que havia optado pelo budismo tibetano... Também é certo que durante vários dias ninguém voltou a encontrar o *sahib*. Por fim, alguém notou que, a partir de sua janela, percebiam-se arco-íris em seu quarto. Intrigados, Kunu Lama e alguns outros subiram ao andar, abriram a porta e, efetivamente, no lugar do *sahib* não viram senão arco-íris! Eles sacudiram suas roupas, das quais escaparam ainda pequenos arco-íris, caindo como chuva. É o que se chama a obtenção do *corpo de arco-íris*, um resultado extraordinário da prática que atinge, no momento da morte, a dissolução do corpo em luz arco-íris."

— Eis uma história bastante incrível — disse Hugo, dando um assobio. — Em todo caso, parece confirmar as surpreendentes revelações do seu cardeal!

— Não sei o quanto podemos acreditar nessas histórias de tibetanos — concluiu mamãe. — No entanto, tenho a tendência a crer mais facilmente em fenômenos desse tipo quando ocorreram em nossos dias do que na Idade Média.

Paris, 22 de agosto

Eu me levantei um pouco tarde, com uma ligeira dor de cabeça, certamente devida ao excesso de borgonha. Depois de um farto desjejum, fui até à Biblioteca Sainte-Geneviève. Consultei os catálogos e pedi que me trouxessem todos os livros que de algum modo diziam respeito ao tesouro de Saint-Denis. Na grande sala, examinei-os longamente e acabei reconstituindo a continuação da história do Graal.

Em 1793, a Convenção decidiu derreter todas as peças de ourivesaria conservadas em Saint-Denis para financiar as guerras em face das poderosas coalizões contra a Revolução Francesa. Algumas peças foram preservadas por um comitê encarregado de examinar sua qualidade artística ou histórica. O relicário do santo prego fez parte dos objetos enviados à forja para que lhe recuperassem o metal precioso. No entanto, um comissário chamado Lelièvre conseguiu que lhe confiassem pessoalmente o santo prego, sob o pretexto de que se tratava de um objeto importante para a história da metalurgia. Não sabemos quais foram suas motivações. Pertenceria o comissário à comunidade dos Passadores? Talvez não, pois estes teriam então recuperado o Graal há mais de dois séculos, e teriam feito uso dele. Por motivos inversos, ele não podia fazer parte da Ordem da Primazia. Em abril de 1824, sentindo-se próximo de seu fim, Lelièvre ofereceu o santo prego ao arcebispo de Paris. Este o guardou num relicário de cristal e de prata dourada em forma de prego estilizado e acrescentou-o ao tesouro da Catedral de Notre-Dame. Foi a última menção que consegui obter quanto à localização do Graal. Mas seria tão simples assim? O Graal escondido unicamente porque se encontrava numa vitrine à vista de todos, a 200 metros em linha reta do meu apartamento? Fui imediatamente a Notre-Dame, mas cheguei no momento em que já ia fechar, e, apesar de minha insistência, o funcionário não me deixou entrar.

Paris, 23 de agosto

Nove horas. Fui a primeira pessoa a entrar nas salas da catedral que abrigam o tesouro. Na sala principal conservavam-se os relicários da coroa de espinhos e de um grande pedaço da verdadeira cruz, comprada outrora por São Luís a Balduíno de Constantinopla. Os objetos que me interessavam não estavam lá. Meus olhos foram atraídos para uma vitrine habilmente iluminada que se encontrava no fundo da sala. Ela continha uma magnífica cruz de bronze cinzelada estilo Luís XV com um fragmento da cruz incrustado. Sobre o seu pedestal estava fixado um objeto de cristal e de prata dourada em forma de prego. Fiquei um instante petrificado, sem tirar os olhos do objeto. Através dos reflexos do tubo de cristal, percebi indistintamente a silhueta de um pedaço de aço oblongo. Afinal, alcançava o meu objetivo.

Depois de um momento, todavia, minha cabeça foi assaltada por pensamentos. Estava diante das mesmas dificuldades que experimentara Leonardo da Vinci cinco séculos antes. Eu sabia onde estava o Graal, sabia para que podia servir, pensava mesmo em descobrir a maneira de colocar em ação o seu potencial. Mas esse mítico objeto, ali tão perto de mim a ponto de poder tocá-lo, permanecia atrás de um vidro blindado, sob a guarda da Igreja oficial.

Por um momento, imaginei Hugo penetrando comigo, de noite, nos prédios de Notre-Dame, repetindo o que tínhamos feito em Saint-Denis. No entanto, se fôssemos apanhados, corríamos o risco de atrair para nós sérias complicações. Para tentar expulsar essas idéias da cabeça, resolvi visitar o resto do tesouro. Voltando para perto da entrada, descobri que o capítulo tinha editado um folheto explicativo sobre o tesouro. Comprei-o e voltei até a sala onde se encontrava o Graal. Folheando a obra, dei com a nota explicativa sobre a cruz de bronze e o prego. De acordo com o texto, o prego no relicário vinha de Saint-Germain-des-Prés e não de Saint-Denis. Minhas certezas vacilaram. Seria esta uma publicação mal documentada? Normalmente, o prego provinha de Saint-Denis, onde fora guardado durante mais de nove séculos. Intrigado, olhei uma última vez o prego de aço, e, em seguida, deixei a catedral.

Atravessei rapidamente o Sena e, tornando a subir a colina, cheguei meio sem fôlego à Biblioteca Sainte-Geneviève. Passei ali várias horas tentando reconstituir o destino do santo prego. Soube finalmente que o capítulo da catedral de Paris recebera na verdade dois pregos. O Graal autêntico, em 1824, e o prego de Saint-Germain-des-Prés, quatro anos mais tarde. Em 1865, Rohault de Fleury, um historiador católico preocupado em fazer um inventário das relíquias crísticas conservadas nas igrejas da França, pediu para ver os pregos. Só um foi encontrado — e, segundo as descrições contidas nos inventários pré-revolucionários, aquele só poderia ser o prego que provinha da Abadia de Saint-Germain-des-Prés.

Mas como um desaparecimento como esse tinha podido ocorrer sem que os membros do capítulo ou do arcebispado fossem alertados? Por que fora necessário esperar a iniciativa desse historiador para que se dessem conta de tal coisa? Mergulhei de cabeça na história de Notre-Dame no século XIX e acabei descobrindo a maneira como o Graal pudera desaparecer. Durante os acontecimentos políticos de 1830, que acarretaram a queda de Carlos X, o arcebispado de Paris, um prédio romano que se encontrava entre a catedral e o Sena, tinha sido o alvo de uma revolta antilegitimista. A multidão conseguira penetrar no arcebispado, que pilhou e saqueou inteiramente, lançando móveis e tapeçarias pelas janelas. Os membros do capítulo tinham conseguido escapar, preservando tudo que lhes fora possível ter em mãos, e foi sem dúvida nessas condições, no meio de todo o conflito, que o prego de Saint-Germain foi salvo e o verdadeiro Graal, perdido. As aventuras extraordinárias que eu vinha vivendo há quatro meses chegavam a um impasse.

A curiosidade e o prazer que eu havia sentido no começo tinham cedido lugar à confiança. Depois, progressivamente, uma aspiração profunda e sincera nasceu em mim. A de me tornar, quem sabe, um humilde vetor na longa marcha da humanidade para a felicidade. Mais do que meu fracasso pessoal na busca do Graal, era a impossibilidade de pôr esse sonho em ação o que me entristecia profundamente. O acaso ou a cobiça tinha, em 1830, feito desaparecer o Graal, talvez num esgoto parisiense, ou no bolso de um ladrão atraído pelos reflexos brilhantes de seu relicário. Abatido, voltei para casa, onde jantei rapidamente, sem qualquer vontade de responder às perguntas de minha mãe.

Paris, 1º de setembro

Querendo aproveitar meus últimos momentos de férias antes de meu retorno a Florença, eu me levantei muito tarde. Mamãe tinha deixado a correspondência em cima da mesa da cozinha com alguns *croissants* frescos e um suco de laranja. Enquanto fazia meu desjejum, examinei a correspondência e reconheci num dos envelopes a letra curiosamente inclinada de Lucien Sauval. O envelope continha uma breve carta:

> *Meu jovem amigo,*
>
> *Creio ter chegado o momento de nos encontrarmos outra vez. Poderia vir à Ponte das Artes, no dia 3 deste mês, às 19h30?*
>
> *Seu amigo sincero,*
>
> *Lucien Sauval*

Paris, 3 de setembro

O Sena parecia uma lâmina de luz cintilante sob o sol. As margens semeadas de choupos indolentes pareciam proteger o rio como um forro bordado de esmeraldas e de ouro. Debruçando-se sobre esse panorama imóvel e faiscante, a Ponte das Artes evocava uma passarela entre dois mundos: um, racional e sólido; o outro, pertencente à imaginação dos sonhadores solitários. Neste fim de dia saturado de luz, na fronteira desses dois universos, eu aguardava a chegada de um alquimista, o homem mais enigmático que eu já conhecera.

Sentado num banco, eu meditava sobre a incrível aventura que me conduzira de Paris a Florença, passando por Roma, uma aventura ao coração dos mitos secretos da humanidade. Sem fazer barulho, Lucien Sauval sentou-se ao meu lado; uma presença benévola, atenta, impregnada de imensa calma. Assim ficamos um longo momento, lado a lado na luz, silenciosos como dois amigos que se compreendem sem falar um com o outro. Lucien, com camisa de mangas curtas, o rosto queimado pelo sol, parecia alimentar seu modesto corpo de uma chama interior indescritível. Cruzou os tornozelos diante de si, voltando para mim seu olhar tão especial.

— Como vai, Seth? Você tem o ar de um homem que acaba de chegar de uma longa viagem...

— Vou bem, obrigado — respondi, balançando a cabeça. — Mas, de fato, tenho a impressão de viver numa hora diferente de meus semelhantes, de estar defasado em relação a meu universo; e temo não voltar nunca mais a ser uma pessoa normal.

— Sério? É o que realmente desejaria? Não se preocupe — disse Lucien com um tom distante. — Tudo isso é apenas uma impressão passageira, como se você tivesse vestido um terno um pouco grande para o seu tamanho, uma roupa que precisa de ajustes; mas logo se sentirá mais à vontade, provavelmente mais feliz do que já se sentiu até hoje.

— Mas fracassei em minha busca do Graal... Os Passadores contavam comigo.

— Não se preocupe com isso. Nós sabemos que o Graal desapareceu há mais de um século e meio. Nem você nem qualquer outra pessoa pode fazer o que quer que seja para reencontrá-lo. Pelo menos, sabemos que a Ordem da Primazia não botou as mãos nele; por enquanto, isso é que é o importante. Se o Graal caísse sob o controle da Ordem, seria uma catástrofe para todos nós.

— E daí? Desde que conheço a verdadeira história do santo prego, não consigo me livrar de um sentimento de algo inacabado, como se toda essa busca não tivesse levado a nada.

— Não se deixe vencer pela amargura, você vale muito mais do que isso. E, de agora em diante, não tem mais a desculpa da ignorância. Nunca perca de vista a perspectiva de sua verdadeira natureza.

Lucien respirou profundamente e designou o espaço com um gesto amplo e significativo.

— Você é como o céu: profundo, pacífico, descomplicado, uma pura simplicidade luminosa semelhante a um néctar.

A força dessas palavras me encheu de um silencioso bem-estar desprovido de referências, entraves e esforço.

— Eu nunca poderia agradecer suficientemente por sua ajuda. Sem o senhor e sem o cardeal, nunca teria compreendido as maravilhosas realidades do Graal.

— Está esquecendo de Susan Cunningham...

— Ela também faz parte dos Passadores? Pode acreditar que isso nunca me passou pela cabeça. E, no entanto, foi ela que plantou minhas primeiras dúvidas sobre *O código Da Vinci*. Todos os seus esforços para me fazer compreender o quadro de Sasseta! Ela queria simplesmente me mostrar o Grande Segredo. Mas há uma pergunta que me fiz várias vezes durante esses últimos meses: por que teve confiança em mim? Por que Susan me contou suas dúvidas? Por que o senhor e o cardeal correram o risco de me falar tão abertamente da manipulação orquestrada pela Congregação Cinza e de me revelar a existência do Grande Segredo?

— Digamos que corremos um risco calculado. E depois, seu nome nos deu uma indicação...

— Uma indicação sobre o quê? Do que está falando?

— Seu nome está ligado à dinâmica da Grande Obra.

— Meu nome comporta então uma significação particular, como me disse Susan?

— Você deve se lembrar de que a alquimia ocidental tem suas raízes no Egito, é desta civilização que provém o mito de Ísis e de Osíris. Seth era um deus egípcio, o irmão muito próximo de Osíris, mas, por ciúme, Seth o matou. Todavia Ísis, esposa e irmã de Osíris, conseguiu trazer este de volta à vida. Não querendo se dar por vencido, Seth matou Osíris uma segunda vez e esquartejou-lhe o corpo em 14 pedaços que dispersou por todo o Egito. Ainda assim, depois de muitas peripécias, Ísis conseguiu juntar todos os pedaços do esposo, e Osíris transfigurado tornou-se o deus mais popular do panteão egípcio.

— Mas é uma história horrível, Lucien — exclamei.

— À primeira vista, Seth parece desempenhar um papel muito negativo, concordo com você. Mais tarde, porém, nas obras secretas, os alquimistas apoderaram-se desse mito e o transformaram num símbolo do processo alquímico. O deus Seth representa nele, de fato, uma força de destruição, mas a destruição da antiga identidade necessária para que possa emergir o homem transfigurado pela Grande Obra. De todo modo, essa força de destruição é também a força do renascimento. E pode-se dizer que ela é a própria dinâmica do processo de transmutação.

Lucien Sauval deteve-se um instante e me olhou intensamente antes de prosseguir.

— A pessoa que lhe deu seu nome conhecia essa alegoria...

Repeti meu nome, pela primeira vez consciente de sua estranha significação:

— Seth...

— Susan foi a primeira a suspeitar do seu elo familiar com a busca do Graal — disse lentamente Lucien. — Depois, um pouco mais tarde, quando você procurou entrar em contato comigo, eu soube imediatamente que você era filho de André Thévenot, que era um Passador.

— O senhor conheceu meu pai? — perguntei, ao mesmo tempo que me sentia enrubescer.

— Seu pai era um amigo muito querido. Costumávamos nos reunir para estudar. Era uma pessoa dotada de uma profunda humanidade. Seu desaparecimento brutal foi uma terrível perda para mim. Quando ele faleceu, isso bateu muito forte dentro de mim, imagino o que você deve ter sentido.

— É uma descoberta incrível... Meu pai, um Passador... Por que ele nunca falou sobre isso conosco? Nunca suspeitamos de nada.

— Não é de nossa tradição doutrinar as pessoas, mesmo de nossa própria família. Os Passadores não fazem senão transmitir uma chama para aqueles que manifestam o desejo de conhecer e que se mostram dignos disso. Não é uma mensagem, é um reencontro... Ele pensava em falar a você e a Hugo sobre o Grande Segredo mais tarde, quando ambos já fossem adultos. André morreu prematuramente, sem ter podido transmitir-lhes seu fabuloso conhecimento. Mas suas preces não foram em vão; sua atitude ao longo dos últimos meses é uma prova disso. Ele hoje estaria muito orgulhoso de você.

Eu estava emocionado devido a essas surpreendentes revelações sobre meu pai e sua ligação com os Passadores. Como poderia ser diferente? Enquanto deitava meus olhos sobre o Sena que corria mais abaixo, lembrei-me de episódios passados em sua companhia calorosa e amorosa. As visitas aos grandes museus da Europa e dos Estados Unidos — "Nunca mais de 40 minutos", proclamava ele, rindo. "Depois disso, não é mais prazer, é dever!" —, os inumeráveis passeios pelas ruas de Paris, as longas horas de leitura quando ele me contava com sua voz ligeiramente grave as vidas dos santos, dos cavaleiros da Idade Média, dos artistas do Renascimento... Despertando em mim tanta curiosidade, ele me preparara para as provas futuras dos Passadores.

Eu me levantei e avancei até o parapeito da ponte. Creio que tinha o ar pensativo, um pouco perdido. Lucien veio até onde eu estava. Um barco carregado de areia passou sob a ponte, vibrando, e prosseguiu em seu curso para o mar. Tinha outras perguntas para fazer a Lucien e não sabia quando poderia revê-lo.

— Pode me explicar por que o Graal não transformou as pessoas que o tinham sob sua guarda em Saint-Denis durante todos esses séculos?

— Veja, Seth, não basta ter o Graal e tocá-lo para ativar suas maravilhosas potencialidades. Evidentemente, se uma pessoa intuitiva o tem entre os dedos, sentirá provavelmente que se trata de um objeto muito particular. Mas é necessário aplicar certos processos alquímicos complementares e específicos para que a transmutação seja desencadeada.

— De qualquer modo, isso não quer dizer mais nada, visto que o Graal desapareceu.

— Hoje o Graal material está perdido, e com ele o método de Salvação. A transmutação que se serve de uma substância material. No entanto, o outro processo ainda existe: o da Realização ou o método nobre, assim chamado por ser o mais fundamental. A perda do método facilitado pelo Graal pode parecer irreparável, mas, por outro lado, o método da

Realização não é tão difícil. Isto porque o ser humano é, em essência, divino, e ele será sempre divinizável no nível manifesto, pois um potencial é sempre atualizável. Nunca perca de vista que o aspecto do método é finalmente secundário em relação à compreensão. Além disso, a perda do Graal tem também um aspecto positivo. A Ordem da Primazia perdeu a possibilidade de pôr as mãos num objeto que poderia permitir-lhe obter uma dominação absoluta. A Congregação Cinza continua, porém, ativa. Ela está na origem das manipulações atuais. Se o Grande Segredo se tornar conhecido do grande público, será o fim da Religião como poder... Quem sabe, talvez mesmo o fim de todo poder! É melhor deixar esse negócio do filho de Jesus e de Maria Madalena nas mãos da multidão do que permitir a filtragem das informações sobre a natureza divina do homem. Para a hierarquia, seria o fim de tudo!

— Lucien, poderia me explicar como funciona o método da Realização, quais são os sinais da divinização do indivíduo?

— O processo da divinização manifesta-se por etapas sucessivas: primeiro, um recuo gradual do egoísmo, o desenvolvimento de uma benevolência universal, depois, cada vez mais a aparição de clarões de sabedoria e de onisciência...

— É fabuloso!

— Sobretudo, um sinal mais notável, num plano interior, eu diria, é o surgimento de uma profunda felicidade. E esse sentimento de satisfação invade progressivamente todos os instantes da vida.

— E à noite, quando se dorme, também permanece esse estado maravilhoso?

— As noites se passam numa espécie de consciência luminosa, branca e espaçosa; para dizer a verdade, todos esses fenômenos são indescritíveis, pois se situam além do funcionamento ordinário do espírito.

Lucien olhou o céu mais intensamente, como se desejasse fundir-se com ele. Voltou em seguida a falar:

— Há muito tempo que a transmutação total sem suporte material foi perdida no Ocidente. Nesta parte do mundo só subsistiram a alquimia — uma via baseada na substância — ou então vias puramente espirituais, de um grande valor intrínseco, mas que não permitem transmutar inteiramente o corpo e o ser. O objetivo essencial do Graal místico é libertar o espírito pela matéria libertando a própria matéria pelo espírito. Deve então haver um processo de dupla transmutação, pois nossa própria condição é dupla: um espírito num corpo.

— A dupla transmutação não é preservada por certos místicos tibetanos? Minha mãe me mostrou um livro perturbador a esse respeito.

— Você conhece o livro de Bokhar Rinpotché? — perguntou Lucien, espantado.

— Sim. Li alguns trechos verdadeiramente perturbadores que evocam o corpo de luz, ou corpo de arco-íris, de um ocidental no Tibete oriental nos anos 1940.

— E ele não chega a dizer tudo. Segundo outras fontes de informação, parece que o herói dessa história foi um jesuíta, talvez um alemão. Foi talvez o primeiro ocidental desde Jesus que realizou tal processo até o fim. Na verdade, não se conhece muito bem sua história. Quem sabe se não era um padre missionário fascinado pela via espiritual que ele veio a conquistar?

— Qual é a razão para que esses métodos ainda estejam disponíveis nessa parte do mundo?

— Parece que o método da dupla transmutação mental e corporal nasceu nessa região, nos confins do Pamir, mais precisamente. Em seguida ele emigrou através da Rota da Seda, tanto para o Ocidente quanto para o Oriente. Dizem que Jesus trouxe algumas de suas práticas dessa região. Mesmo para nós isso continua sendo uma questão polêmica. Seja como for, Jesus cumpriu plenamente esse tipo de transmutação, como prova o episódio da transfiguração e sobretudo o da ressurreição. Mesmo que ele não tenha podido transmitir completamente essa via aos seus discípulos, é tranqüilizador saber que sempre existem fontes originais, como essa de Pamir, onde buscar a inspiração desse método.

— É possível hoje em dia utilizar a via da Realização?

— Certamente, o método mais nobre, o mais fundamental, não tem necessidade de substância; ele continua disponível para todos. Na realidade, tudo depende do ponto de vista em que a pessoa se encontra; isso é verdadeiro para a maneira de olhar as pinturas de Michelangelo ou de Leonardo, e é verdade também para a maneira de olhar o mundo. É justamente porque temos esquecido nossa origem divina, aceitando o fruto da dualidade, que o nosso olhar sobre o mundo se solidificou. Deste ponto de vista, a Igreja não está errada em falar de "pecado original". Não porque deveríamos sofrer por qualquer falta cometida por longínquos ancestrais, mas porque não ver está "na origem" de todas as nossas limitações aparentes. Enquanto nos demorarmos nessa maneira de olhar, nosso espírito, nosso corpo e o mundo aparecerão como solidificados, e, de fato, eles serão sólidos. Mas se, no interior de nós mesmos, conseguirmos deslocar nossa maneira de olhar, o mundo se revelará como sendo desde sempre de natureza livre e luminosa. Veja, Seth, a partir do momento em que nossa existência física e mental se transmuta, e transcendemos a materialidade de nosso corpo, passamos a não estar mais ligados às limitações espaço-temporais. Passamos a estar em todos os lugares de maneira simultânea, a possuir todo o saber, toda a sabedoria e todo o amor. Não é esta a definição de Deus?

— Para ser franco, uma parte de mim ainda tem dificuldade em acreditar no aspecto divino da humanidade. Por que os seis bilhões de seres humanos não atingiram esse estado? Basta ver as informações: por toda parte, os homens cometem atrocidades, até mesmo em nome de Deus.

— É justamente a prova da confusão deles. O potencial deles está obscurecido, mas isso não significa que não exista.

— Até quando os homens ficarão assim?

— Até que resolvam trilhar o caminho de volta a seu estado original, o estado divino. Pois, embora essa essência exista dentro de todos nós, poucos desejam alcançá-la. Você assistiu a *2001: Uma Odisséia no Espaço*, de Stanley Kubrick? O final desse filme espantoso é uma tentativa de traduzir em imagens uma realidade desse gênero. Sem dúvida, esta é a razão por que ninguém o entendeu.

— Aqueles que organizaram a conspiração Da Vinci conseguiram de fato o que queriam. A partir de agora, ninguém vai querer ouvir falar do Graal místico.

— Dan Brown ressaltou o aspecto feminino divino para melhor ocultar o ofuscante segredo do divino humano.

— Não sei se devo desesperar ou ficar doido de alegria.

— Fique doido de alegria! Tal possibilidade existe e é de longe a mais importante. E, depois, mesmo se na prática ela se encontra confusa, oculta ou às vezes oprimida, a via da divinização apresenta um caráter universal em sua essência.

Ela aflora por toda parte, sob todas as latitudes, em todas as culturas... Veja o sufismo, o budismo, o hesicasmo... A sede de dominação da Ordem da Primazia e as conspirações da Congregação Cinza nunca conseguirão apagar essa fabulosa esperança. Mesmo não sendo possível encontrar o Graal material, o santo prego, não é verdade que vale a pena, como você mesmo o fez, realizar alguns esforços por sua busca? Essa busca permite que você avalie a si mesmo, que comece a se livrar das escórias que ocultam seu verdadeiro ser. Em nossos dias, a via da Salvação, a transmutação pelo suporte do Graal, não está disponível. Mas não é mais nobre e mais significativo para você mesmo, como para o conjunto dos seres, homens ou mulheres, devotar-se à via da Realização para alcançar a felicidade?

Lembrei-me de meu pai, de sua alegria comunicativa e de suas frases sábias; ele nunca recusava os cuidados da vida. "Os cuidados são a vida", dizia ele às vezes, "da mesma forma que os momentos de prazer. No fundo, eles têm o mesmo sabor." Através dessa busca, compreendi a que ponto eu tinha colocado uma carapaça em volta do meu corpo. Tinha procurado a via da Realização pessoal através da erudição e da cultura, e hoje eu via a que ponto esse conhecimento me separara dos outros. Não precisava ter fugido tanto de nada.

— Acho que o senhor tem razão — acabei por dizer.

— Imagino que, de sua parte, você vai continuar esse caminho, ao mesmo tempo por si mesmo e para ocupar o lugar de seu pai, cujo desaparecimento criou um vazio entre os Passadores, como criou um vazio em sua própria vida.

— Nada me daria satisfação maior. Acho que não poderia imaginar minha vida de outra maneira.

A escuridão tinha caído sobre a cidade. Continuávamos, Lucien e eu, debruçados no parapeito da Ponte das Artes, observando as águas negras do Sena correndo para o mar. Uma barca iluminada como uma nave espacial passou ronronando sob nossos pés. Ao ritmo de sua progressão, percebemos as fachadas do Louvre que emergiam na luz branca e em seguida recaíam no esquecimento tranqüilizador da noite.

Epílogo

Georges Mureau apagou seu cigarro num cinzeiro em prata em forma de peixe. Um suvenir do Mzab, para onde ele havia feito uma viagem. Ele descansou a última folha do diário sobre sua mesa e inclinou-se para trás. Sua cadeira gemeu sob a pressão do seu corpo maciço; suas costas musculosas pareciam ancilosadas e massacradas depois de uma imobilidade tão longa. Georges não largara um segundo este testemunho inédito e perturbador, como se uma força misteriosa o tivesse envolvido durante todo o dia. "Mas era possível mergulhar nos mitos da humanidade sem transpor a fronteira que separa a realidade dos sonhos?", indagou-se por um instante.

Soltou um longo suspiro de lassidão e sacudiu a cabeça de pugilista. Esta história parecia tão incrível, e no entanto trazia em si mesma sua própria vida, sua própria coerência, que ninguém poderia jamais retirar-lhe.

Haviam-se passado 16 horas. Ele lia desde a manhã; não tinha sequer pensado em interromper a leitura para almoçar.

Georges pegou o telefone e discou o número de Henri Ducange, o dono da editora. Este último não demorou a atender, e Georges limitou-se a dizer:

— Henri, posso dar uma passadinha aí? Acho que temos algo...